愛の蜜に酔え！

樋口美沙緒

白泉社花丸文庫

愛の蜜に酔え！　もくじ

イラスト／街子《まちこ》マドカ

その日、つるバラのテラスからは、雨に煙《けぶ》った早春の庭が見えた。

十四歳の里久《りく》は熱を出して、ふうふうと苦しい息をついていた。

いつもは月に一度しかやって来ない女王が、珍しく治療してくれるというので、部屋を移されるところだった。けれどなぜ女王は、今日に限って治療してくれるのだろう、と里久は不思議だった。

執事《しつじ》に抱きかかえられて連れ出される時、ふと窓の向こう側に、テラスにからまったつるバラが見えた。つるバラは、ほんの三日前に白い小さな花を咲かせたばかり。それなのに雨に降られて、どんどんと散っていく。里久はそれを見て、

（かわいそうだな……）

と、思った。きれいに咲いたのに、もう散らされてしまうなんて。けれど雨を止められる力は、里久にはないのだからどうしようもない。

熱っぽい眼を閉じて、里久はせめてこの熱が下がったら、あのつるバラを絵に描いてあげようと考えた。

絵筆をとって、白い花弁を、時に柔《やわ》らかな桃色《ももいろ》で陰影《いんえい》をつけながら、優しく可愛く丁寧《ていねい》に、心をこめて描いてあげよう……。

あまりに小さな世界で生きている里久は、そんなことでしか、誰かに優しくしたり愛したりする方法を知らなかった。そしてそんな術《すべ》を教えてくれたのは、二つ年上の綾人《あやと》だ。

用意されたベッドの中で眠りに落ちていきながら、里久はつるバラと一緒に綾人のことを想っていた。

いつ、綾人から手紙が来るだろう。どうしたら、彼にもう一度会えるのだろうか？

里久が絵を描くのは、綾人につながっていたいからだった。バラのつるを伸ばすように、一枚一枚、一色一色重ねてゆけば、その積み重ねの先に、里久の心も綾人の元へ、届くように思われた。

それから七日後、綾人から里久のもとへ、最初で最後の手紙が届いた。

つるバラの花はすべて落ち、空はきれいに晴れ渡っていた、ある春の日のことだ。受け取った手紙に書かれていたのは、たった数行の短い文章。

『さようなら。俺は王になる。

だからお前には、もう二度と会わない』

里久はその手紙を、ただ呆然《ぼうぜん》と読んだ。

幼い恋が突然に引き裂《さ》かれたのは分かったけれど、あまりに唐突《とうとつ》すぎて、どこか気持ちが麻痺《まひ》したように嘆《なげ》くこともできず、ぼんやりとしていた。

里久にとって綾人は、この世界でたった一人の好きな人だった。

たった一人、自分を必要とし、自分を好きでいてくれるはずの人だった。

たった一つの生きていく寄る辺《よるべ》、生きる支えだった。

顔をあげると、花の散ったつるバラのテラスの向こうを、鳥が飛んでいくところだ。高い木々の向こうへ、延々と続く青い空に向かって、鳥はどんどん小さくなっていった。

(外の世界って、どんなふうなのかな……？)

小さな部屋と、テラス。ほんの少し歩けるだけの庭。それが里久の世界の、ほとんどすべてだった。それでもよかった。この小さな世界で待っていれば、いつか綾人が迎えに来てくれると、その日までは信じていられたから。けれどもう、綾人はここには来てくれないという。二度と会えないのだという。

もしおれがクロシジミじゃなくて、と里久は思った。

(自分一人の力で生きられたら……綾人さんにまた、会えるのかな？)

そうすれば、どうして別れを告げられたのか、訊《き》くこともできるのだろうか。

突然恋を終わりにされても、まだ里久は、綾人のことを愛していた。

けれど里久は知っていた。この小さな世界を出て行けば自分は死んでしまうし、それは自分には、どうにもできないことなのだと。

それでも綾人と一緒にいたい。できることなら、綾人と一緒に生きたかった。

そのためには本当はどうしたらよかったのだろうと、里久はそればかり考えていた。

一

黒木里久《くろきりく》の朝はいつも、同じ時間に始まる。

午前六時起床。寝ぼけた顔を洗うと、パジャマを着替える。

十一月下旬の今は寒いので、シャツとセーターの上に分厚いオーバーを着て、大きなマフラーをぐるぐる巻きにする。

すると姿見《すがたみ》の中には、全身もこもこに着ぶくれた、十六歳の小柄《こがら》な少年が映る。

(着ぐるみみたい……)

自分でそう思い、里久はくすっと笑ってしまう。笑ってから、その声に誰か気づいて部屋にやって来やしないか不安になり、口元を両手で押さえる。そして小さな頭をきょろきょろと動かし、息を潜《ひそ》めるのだった。

クロシジミチョウらしい真っ黒な髪に、とろんとした黒の瞳。おっとりとした優しげな幼顔《おさながお》は、とりたててなんの特徴もない、地味そのものの容姿だ。里久は物音をたてないよう気をつけながら、小さな唇を顔半分もある大きなマスクで覆《おお》い、毛糸の手袋をはめた。

それから、クローゼットの奥に隠してある長靴を出してきて、寝室から庭に面したサッシ窓をそろそろと開け、つるバラのテラスを通り抜けてこっそりと外へ出た。

朝靄《あさもや》の中、欅《けやき》や楠《くすのき》の大木の間にまぎれると、里久は本当に小さな人形のようになる。

(冷たい、いい空気……)

部屋から大分離れると、里久はようやくのびのびと手足を伸ばした。

ひんやりと底冷えした空気が頬に刺さる。寒いけれど、青ざめた朝の光の中で見ると、景色はとてもきれいだった。

里久が保護してもらっている有賀家《ありがけ》の庭は広く、黄金色に染まっている銀杏《いちょう》や咲き盛《ざか》りの椿《つばき》の桃色が美しい。里久はそれらに見とれながら、降り積もった落ち葉の中を、胸に小さなスケッチブックを抱きしめて歩いていった。

屋敷の正面まで来ると、探していた人物の姿が見え、里久は満面の笑みになって「おはようっ、天《てん》ちゃん！」と、声をかけた。

「お前な、もう寒いから手伝わなくていいって言ったろ。体弱いくせになにしてんだよ」

顔をあげ、呆《あき》れた声を出したのは、この屋敷のアルバイト、天野《あまの》だった。

里久と同じくらいの小さな背に、癖《くせ》のある赤毛。ちょこんとした鼻の周りに、そばかすが散っている。階級は里久と同じロウクラス。フタツホシテントウムシが起源種だ。年も里久と一緒の十六歳で、早朝だけこの屋敷の掃除に来ている。

「ちょっとだけ手伝っちゃダメ？　ほら、厚着してきたし」

里久は一生懸命言ったが、作業着姿の天野には眉をしかめられる。

「お前はこの家の使用人じゃねえだろ。またすぐ、風邪ひくぞっ」

口の遅い里久は天野のスピードに追いつこうと「でも、天ちゃんに会いたくて……」と、なるべく急いで口にした。ぼんやりしていたら、言い負かされて追い返されてしまう。

里久は絶滅危惧種のクロシジミチョウだ。

体が弱く、この有賀家に引き取られた九歳の時から、学校にも行かせてもらえていない。普段もずっと一人で過ごし、外出も禁じられているから、どうしてもどうしても、天野と話す時間がほしかった。天野は、里久にできたほとんど初めての友達だった。

「掃除する間だけでも、天ちゃんと一緒にいたいんだ。それに少しは働いてみたくて」

分かってほしさについ言葉を重ねると、天野はなぜか顔を赤く染めてムッとした。

「……お前って、マジ天然の乙女だよな。そういう恥ずかしいこと、よく言えるぜっ！」

照れたように言ったあと、天野が「ほら、風邪ひかないよう、十分だけな！」と、竹箒《たけぼうき》を突き出してくれる。天野に相手をしてもらえる。少しだけ、天野と話せる。そう思うと嬉《うれ》しくなり、里久は「ありがとう」と声を弾《はず》ませた。

「変わったヤツ。働かないで食ってけるんだから、俺からしたら羨《うらや》ましいのにさ。お前はお前で働きたいんだから、世の中上手くいかねーよな」

羨ましいと言われると、自分の境遇《きょうぐう》を弁解《べんかい》するのも気が引けて、里久はえへへ、と困ったように笑うだけで誤魔化《ごまか》した。

里久が天野と友達になったのは、半年くらい前のことだ。

その日も里久は、早朝こっそりと庭掃除をしていた。家に閉じこもる毎日が空《むな》しくなり、掃除くらいなら自分にもできないかと試していたのだ。そこでたまたま知り合った天野は、見つかれば怒られるのに働いている里久に呆れていた。けれどこうして会いに来れば、親しく相手をしてくれるようにもなった。

「ねえ天ちゃん。それより昨日言ってた、妹さんの話どうなった？　お母さんの口紅勝手に持ち出しちゃったの……秀《しゅう》君がおせんべい食べ過ぎてお腹痛《なかいた》めちゃったの、治った？」

屋敷の前に降り積もった落ち葉を一緒になって掃きながら、里久はせっつくように質問する。天野には「よく覚えてんなあ」と感心されたけれど、里久にしてみれば昨日からずっとこの話が聞きたかったのだ。

テントウムシの天野は大家族で、十人兄弟の長男だ。小さくてころころした家族と一つ屋根の下で賑《にぎ》やかに暮らしており、里久はその話を聞くことがなにより楽しい。

「小夜《さよ》は母ちゃんに叱《しか》られて、秀は今朝もうケロッとして人の目玉焼きまで食ってたぜ。だから俺、あいつにゲンコツしてやった。でも全然反省してねーの」

「二人とも可愛いねえ。こないだ天ちゃんが受けてきた、お芝居のオーディションの結果は？　夜学のお友達の、ミツバチの蜂矢《はちや》くんは、万引きの誤解解《と》けたの？」

「解けた、解けた。俺まで警察行って、大変だったんだぜ。オーディションの結果はまだ。でもやっぱ難しいかも。俺ロウクラスだろ。ナナホシテントウならいいけどよ」

天野は昼間はアルバイトをしながら夜間の高校に通い、役者になる夢のために劇団のオーディションを受け続けている。

「大体、テントウムシの中でナナホシだけハイクラスだぜっ、俺たちと大して変わらないくせに！　理由は、ナナホシは人好きするからだってさ。むかつくよなーっ」

ぎゃあぎゃあと言ってくる元気いっぱいの天野が可愛くて、里久はニコニコした。

「天ちゃんだって、人好きするよ。おれ、天ちゃん大好きだもん」

心から言うと、天野がまた頬を染め「お前は本当、スレてねーなあ」と呟《つぶや》いた。

それから天野は、自分の学校や家族の話を聞かせてくれた。里久は眼をきらきらさせて、食い入るように聞く。

「こんな話、面白いかあ？　兄弟なんてうぜーし、友達だって大したことないぜっ」

そう言われても、里久はそれが天野の本心じゃないことを知っていた。天野は面倒見《めんどうみ》がよくて、小さな弟妹《きょうだい》のことを愛している。夜間学校の友達のことも大事にしている。

支え合って、役立ち合って、そして愛し合って。

そんな天野の人に囲まれた騒々《そうぞう》しい日常が、里久には羨ましかった。羨ましい、と思うと心の中に小さな痛みが走る。自分がいつも一人ぼっちで、怒ったり笑ったりし合える家族がいないことや、必死になって追いかけている夢がないこと、悪態をつけるような友達もいない淋しさを、つい嘆《なげ》きたくなる心が働く。

自分がいてもいなくても、誰も困らない。誰の役にも立っていないのだという事実を、深く感じそうになってしまう。

だから里久はいつも、そんな話を聞かせてくれる天野がいてくれるだけ、幸せだと思うことにしよう、と決めていた。

ロウクラスのクロシジミチョウ。あまりに弱い種で、クロオオアリの庇護《ひご》なしでは生きられない。だから生きていくためには、孤独に耐えねばならないのだと。

孤独か、そうでなければ死か。それが自分の運命だと、里久は知っていた。

この世界の人間は、二種類に分かれている。

一つがハイクラス。そうしてもう一つが、ロウクラスだ。

遠い昔、地球に栄《さか》えていた文明は滅亡《めつぼう》し、人類は生き残るために強い生命力を持つ節足《せっそく》動物と融合《ゆうごう》した。今の人類は、ムシの特性を受け継ぎ、弱肉強食の『強』に立つハイクラスと、『弱』に立つロウクラスとの二種類に分かれている。

ハイクラスにはタランチュラ、カブトムシ、スズメバチ、そして──クロオオアリなどがいる。ロウクラスはもっと小さく、弱く、脆《もろ》い種族を起源とした人々だ。

ハイクラスの能力は高く、体も強いので、彼らが就《つ》く仕事は自然と偏《かたよ》り、世界の富と権力はいつしかハイクラスが握るようになった。ムシの世界の弱肉強食が、人間の世界でも階級となって現れている。

里久はロウクラスで、起源種はクロシジミチョウ。

地味でごくささやかな暮らしを送るチョウなのに、その生態だけは特殊《とくしゅ》で、幼生の時クロオオアリに育てられる。クロオオアリがいなければ死んでしまうその特異な生態ゆえ、絶滅に追い込まれている。

人間のクロシジミも、日本には里久しか生きておらず、いずれ滅《ほろ》びる運命だった。

そしてクロシジミは昔から、クロオオアリである有賀一族に保護されてきた歴史がある。

クロオオアリは日本最大級のアリ種で、有賀家はアリガグループという一大企業グループを経営している。

アリ種は一族の結束《けっそく》が強い。当主に女王アリならぬ女主人をいただき、一族の中から婿《むこ》をとり、血を受け継いでいく種であり、有賀の家も七百年続いた家柄だった。そんな家に里久がいさせてもらえるのは、法律で、クロシジミの保護が義務づけられているからだ。

冷たい風がぴゅうっと吹いてきて、まだ天野を手伝っていた里久の頰を打った。とたん、コンコンと咳《せ》き込んだ里久に天野が心配そうに振り向いた。

「ほらみろ、お前また寝込むぞ。今日はここまで。部屋に帰れよ、なっ」

「明日は、月一回の注射の日なんだよ。だからね、今日風邪ひいても大丈夫……」

もう少し天野といたくて言ったけれど、この一ヶ月咳の続いている里久が言っても、説得力はない。里久はクロオオアリの「蟻酸《ぎさん》」を体内にもらわなければ、どんな薬を飲んでも病気が治せない。天野もそれを知っているから「明日まで辛《つら》いだろ」と譲《ゆず》らなかった。

仕方なく戻ることにした里久は、脇に置いておいたスケッチブックを持ってきた。

「天ちゃん。これね、クリスマスに天ちゃんと天ちゃんの弟さんたちに作ろうと思ってるカップの図案。見てもらってもいい？」

めくった頁に、里久はテントウムシ柄のカップを十個描いていた。カップはころんとした丸い形で、絵も一つ一つ変えてある。

「へー、すげえな。これ、どっかに出したら売れるぞ」

「そんないいものじゃないけど……もらってくれる？　執事さんに頼んだら、これだけは今月、作ってもいいって許してもらえたから」

訊くと、天野が心配そうな眼を向けてくる。

「そりゃもらうけどよ。いいのかよ、お前、毎月焼ける皿の数決められてるんだろ」

「天ちゃんにもらってほしいんだ。天ちゃんしかおれにはいないし……おれの作るのなんて、素人《しろうと》っぽくてぶさいくだけど……」

「バカ、うちの母ちゃん、こないだもらった皿、喜んで使ってるよ。ありがとな」

天野の言葉に、里久は胸がぽかぽかするようで、嬉しくなって笑った。

(天ちゃんがいてくれて、よかった……)

心からそう思う。大好きな天野や、会ったこともない天野の賑《にぎ》やかな家族の生活に、里久は直接関われない。でも、里久の作った皿やカップは、彼らの生活に入っていける。

こんな自分にも作ったものを贈《おく》れる人がいて、それが少しでも誰かに喜んでもらえ、ちょっとでも役立てるなら、まだ生きている意味はあると思うことができる。

その時、スケッチブックをめくって見ていた天野が、「あっ」と声をあげた。

「お前、まだこんなもん描いてんのか？　いい加減諦《あきら》めろっつったろ！」

それは里久が記憶だけを頼りに描いた、ある男の顔だった。怒っている天野の手から、慌《あわ》ててスケッチブックを取り戻す。

「ちょ、ちょっと描いただけだよ？　手紙も書いちゃいけないし、会えないんだし、絵を描くくらいなら、いいかなって……」

「だから、そういう未練がましいことすんなよっ」

天野が怒って声を張り上げるので、里久は慌てて口の前に人差し指をたてた。

「天ちゃん、シーッ。誰か来ちゃうよ……」

他の使用人に見つかったら、里久どころか天野までこっぴどく叱られてしまう。天野もそれを思い出したのか、一応声を潜めたものの、腹立ちはおさまらないようだった。

「ハイクラスがロウクラスを好きになるわけねーっていつも言ってるだろ」

「綾人《あやと》さんは、ロウクラスだからって見下《みくだ》したりするような人じゃないよ？　昔一緒に暮らしてた頃は、おれのことすごく大事にしてくれたし……」

咄嗟に庇っても、天野をますます怒らせるだけだ。

「ガキの時はどうでもな、ハイクラスの男なんてみんなただのヤリチンなんだよ。好きなんて言ってると、ヤリ捨てされるぞ！」

「ヤリ……？　ヤリーロ小惑星のことじゃないよね……？」

知らない言葉におろおろと言う。すると天野が呆れた顔をする。

「……お前、ほんっと子どもだな。本ばっか読んでるから妙な単語しか知らねんだぞ」

自分が子どもっぽい自覚はあるから、里久はしゅんとなるしかない。

「有賀綾人は、この屋敷のお坊ちゃんで、王種だろうが。いずれはこの家の王様になるし、結婚相手も決まってんだろ。そんなヤツが、お前を本気で相手してたわけねーよ。大体、出した手紙も全部無視されて、最後に『もう会わない』ってだけ寄越《よこ》されたんだろ」

天野とはもう何度もこの話をしている。天野は里久が、有賀綾人という有賀家のお坊ちゃんにずっと片想いしていることが気に入らないのだ。

三年間一度も会えないでいるうえに、相手はハイクラス種のクロオオアリ。里久とは身分が違いすぎる。二年前にはもう会わないと手紙をもらい、失恋もしている。それなのにまだ諦められずに絵など描いてしまう里久が、天野は歯がゆいらしい。

「まさかお前、こいつのためにまた、皿作ったりしてねーだろうな？」

言われて、里久は言葉に詰まる。図星だったからだ。

里久は毎日綾人のために皿やカップの図案を考え、実際作ったりもしていた。

「でも天ちゃん。描くだけだよ。渡すわけじゃないし……恋だって想うだけなら……」

「バカ、想ってても辛いだけだろ」

天野の口調が心配げになったので、里久は「天ちゃん、ありがと」と、呟いた。

「もう諦めないとって分かってるよ。でも王様になれたら、一度だけ会わせてもらえる約束だから……」

「せめてそれまでは、想ってたいって？　お前らしいけどさぁ」

ため息混じりに訊いてくる天野へ、里久はえへへ、と笑った。

ちょうどその時玄関が開く音がし、人の声が聞こえてきた。里久は天野と二人、慌てて正面玄関の階段脇に身を潜《ひそ》める。

家の中から出てきたのは背が高く身幅も厚いハイクラスの執事と、女優のような美女の二人づれだ。女のほうの年は四十代半ば。結《ゆ》い上げた黒髪に、長い睫《まつげ》毛で縁取《ふちど》られた切れ長の黒い瞳。赤いルージュをひいた唇が色白の肌に映え、タイトなラインの黒いワンピースを着ている。美しいだけではなく、見る者をひれ伏《ふ》させるような不思議な威圧感がある。

彼女こそが、この有賀家の女王だった。女王は忙《せわ》しげに、執事に指示を出している。

「学園のほうに連絡は入れたわね。分家《ぶんけ》にこのことを嗅《か》ぎまわらせぬように」

「里久様にはいつお話を？」

不意に自分の名前が出て、里久はドキリとした。見つかったらまずいと思い、ますます身を縮ませていると、「今日中に」という女王の声が聞こえた。

「しかし……里久様の体で耐えられますでしょうか」

「こんな時のためにクロシジミを育てたのよ。里久にも少しは役立ってもらわねば」

里久は息を止めた。きっぱりとした女王の声に、執事もそれ以上は口を挟《はさ》まない。やがて二人が遠ざかると、天野が「もう行ったぞ」と教えてくれた。

——里久にも少しは役立ってもらわねば。

やはりお荷物と思われていたのだという落胆《らくたん》と一緒に、二人の会話の不穏《ふおん》な雰囲気に、里久は妙な不安を覚えていた。

　天野と別れた里久は、また忍び足で自室へ戻った。里久の部屋は広く、ベッドの他に学習用の机やティーテーブルなどがある。どれもアンティーク調で上等の家具だ。

　着ていた上着やマフラーを脱ぎ、長靴を隠すと、机の前に座る。机上《きじょう》には、素焼《すや》きの小さなカップが十個置いてある。天野へのプレゼント用のカップだった。

　自分で作った食器に絵を描くことが、里久のたった一つの好きなことだ。かといっていくらでも作らせてもらえるわけではないので、図案はきちんと決めてからでないと作れない。なので、里久は毎日のように絵を描いていた。

　机の片隅《かたすみ》には、古い写真が飾ってある。三年前の、十三歳の里久と一緒に、黒眼黒髪の端整な顔の少年が映っている。十五歳だった頃の綾人だ。既《すで》に体が大きく、鼻筋の通った美しい容姿をしている。けれど今の綾人はもう十八歳。もっと大人になっているだろうし、面影も変わっているだろう。

（会いたいな……）

　自然とそんな気持ちが募《つの》って胸が痛み、里久は知らず、ため息をついていた。

　一番上の引き出しを開けると、分厚い封筒の束《たば》が出てきた。それはどれも綾人に宛《あ》てて出したもので、『受取拒否』の判が捺《お》されている。最後に綾人へ手紙を出したのはもう二年も前のことだ。今は書いてはならないと、女王に言われている。

綾人からの返事はたった一通しかない。机上に出しっぱなしにしてある水色の封筒を持ち上げて、里久は中を見た。

『さようなら。俺は王になる。だからお前には、もう二度と会わない』

便せんに書かれた短い文章は、別れの言葉だった。

悲しい手紙なのに、綾人からもらえたのはこれだけだから、里久は何度も読み返してしまう。そして何度読み返しても、まだ、里久の胸は締め付けられたように痛み、初めてこの手紙を読んだ時の愕然《がくぜん》とした気持ちが戻ってくるのだった。

顔をあげると、サッシ窓の向こうに、つるバラのテラスが見える。不意に里久の耳の奥へ、三年前の綾人の声が蘇《よみがえ》ってくる。

――里久！

当時中学生だった綾人は学校から帰ってくると、玄関を通る間も惜《お》しんでつるバラのテラスを渡り、里久の部屋に来てくれた。

『ただいま、里久！　いい子にしてたか⁉』

そう言って飛び込んでくると、ずっと待っていた里久の体をぎゅっと抱きしめてくれた。

自分より一回り以上大きな体に抱えられると、それだけで心が満たされた。里久はいつでも、一日中、首を長くして綾人の訪《おとず》れを待ち続けていた。

「おはようございます、里久様。検温のお時間です」

その時、時計が朝七時の鐘《かね》を鳴らし、部屋の扉が開いた。里久は急いで封筒を机に置く。部屋に入ってきたのは大柄なクロオアリで、ついさっき女王と一緒にいた屋敷の執事だった。執事は机の上をじろりと眺めると、嫌そうな顔をした。

「まさか、また勝手に絵を描いていたのですか」

里久は慌ててティーテーブルに移動しながら、「机にいただけです」と細い声で反論した。体温計を口に入れると、執事が慣れた様子で血圧も測る。

「みなさい、少し熱がある。今日はもう、絵を描いてはいけません」

「昨日の体温もこんなものでした。明日は女王様が注射してくださるから大丈夫です。あと少しで下絵が終わるから、それだけでも……」

里久は慌てて言ったけれど、すぐに遮《さえぎ》られてしまった。

「里久様。あなたは恵まれている、幸せな人なのですよ。こうして有賀家に保護され、十六まで生きてこられた。そしてこれからも、一生面倒をみてもらえる。絵などなぜ描くのですか。仕事になるわけでもなし、よけいなことでしょう」

それでも趣味として認めてさしあげているのですから、と執事は続けた。

「自分がどれほど恵まれていて幸せか、よくよく考えていただきたい」

執事の言葉に、里久は胸が細い針で刺されたように痛み、抵抗する気力が失《う》せていくのを感じた。

こんなことは毎日のやりとりだ。熱が出たら、寝ていなければならない。絵を描きたいなら一時間だけ。勉強も通信で受けているけれど、一時間だけと決められている。毎日同じ。執事の来訪も一日三回、同じ時間、メイドが食事を運んでくるのも同じ時間で、誰も里久とは個人的に話そうとしない。

それでも、有賀の家に保護されて、なに不自由なく暮らしている自分は幸せで、恵まれているのだ。そんなことは分かっている。

けれど時折、たまらなく空しくなる。

天野を見ていると、あんなふうに生きてみたいと憧《あこが》れてしまう。家族がいて、夢があって、友達がいて……天野は自分の足で立ち、自分の力で生きている。誰かに与えられるだけではなく、誰かの役に立ち、支え合って暮らしている。

(天ちゃんを形作ってるものはいっぱいある。でもおれは……絵を描くことと、綾人さんが好きってことしか、持ってない)

それがなくなったら、自分はどうなるのだろう。泡《あわ》のように消えて、いなくなるのではないか。里久は時々、そんなふうに思う。

同種同士でなければクロシジミは生まれないから、里久が最後のクロシジミであることは決まっている。世間では、動物の絶滅危惧種に対しては熱心に保護活動が行われても、人間の中にいる、ロウクラスの地味な種を保護しようという動きはほとんどない。ましてクロシジミがいなくなって困る種はどこにもいない。世の中の人は、クロシジミという種がいることさえ忘れているだろう。

(でもいつか……綾人さんが王様になったら一度だけ、会わせてもらえるんだから)

執事に言われてベッドの中へ潜《もぐ》りながら、里久はそう自分に言い聞かせた。

三年間会っていない、片想いの相手。

綾人にもう一度会うまでは、生きていたい。もし会えたら、里久は綾人に訊いてみたいことがあった。なにか一つでいいから、自分でも綾人の役に立てることはないかと。里久が今まで生きてこられたのは綾人のおかげだから、少しでも恩返しがしたい。

布団を頭からかぶり、メイドが替えの寝間着を持ってくるのを待つ間、里久は胸にじわじわと浮かんできた淋しさを、綾人を想うことで振り払っていた。

その晩里久は、珍しく女王に呼び出された。

そういえば朝、里久になにか話すと言っていたっけ。そんなことを思い出しながら部屋へ行くと、彼女はいつもどおり執務机《しつむづくえ》に座り、仕事をしている最中だった。

なにしろ大企業の責任者でもあるので、忙しい人だ。里久が向かいの椅子《いす》に腰掛けると女王は「単刀直入《たんとうちょくにゅう》に言うわ」と早速切り出してきた。

「今日から蟻酸の注射はやめます」

突然のことに、里久は驚いた。

「も、もう……助けてもらえないってことでしょうか？」

過去、有賀家のもとを逃げ出したせいでクロオオアリの治療を受けられず、死んでしまったと聞く多くのクロシジミチョウのことが頭をよぎり、里久は青ざめた。

「他の者に面倒をみさせるのよ。蟻酸注射は子どもの時分に施《ほどこ》す治療であって、十六を過ぎたクロシジミはパートナーに直接養ってもらうのが、古くからの定《さだ》めなの」

「……そう、なんですか？」

「お前ももう十六。パートナーから蟻酸をもらう時期です」

里久は困惑しつつも、それが決まりならと思い、頷《うなず》いた。そもそもこの家の決まりについて、里久は意見する権限を持っていない。女王の言葉は、有賀家の法そのものだった。

「それでしばらくの間だけ、綾人のところへ行ってもらいます」

耳に思ってもみなかった名前が飛び込んできたので、里久は眼を瞠《みは》った。

「あ、綾人さん？」

思わず声が上擦ってしまう。

「覚えているわね？　あの綾人です。綾人は病気になってしまったの。それを治すために、お前が必要なのです」

「綾人さんが、病気、なんですか……？」

病気と聞いて不安になった里久は、つい身を乗り出した。胸がドキドキと早鳴《はやな》る。

「お前にしか治せないのです。そうでなければ綾人は破滅《はめつ》する。行ける？」

破滅、という言葉に里久は驚き、咄嗟《とっさ》に「行きます」と言っていた。

「おれが行って、病気が治るなら、行きます。なんでもします」

すると女王は、いくらか安堵《あんど》したように口元を緩《ゆる》めた。

「では星北学園へ一時入学の手続きをとっておいたから、明日から行って。行けば、どういう病気かは分かるわ。その病が世間に知られたら、綾人は王になれなくなる」

――だからけっして、口外してはならない。

そうつけ足した女王の黒い瞳が、一瞬、刃のように鋭《するど》く光った。

「里久。我が有賀の家でお前を生かしてきた、私の慈悲《じひ》を忘れてはなりません。お前は綾人を王にするために行くのよ。身に過ぎた想いを口にしてはならない。お前のせいで王になれなければ、綾人は一族を追放されると心にとめておきなさい」

静かな声音《こわね》。けれど一言一言《ひとことひとこと》が、重たく、威圧に満ちている。里久は緊張に息を呑《の》みながら、頷いた。

女王がなぜその「病気」について、深く語ろうとしないのか――里久は、疑問にも感じなかった。その時はただただ、綾人のことが心配でならなかったのだ。

二

（メラク寮ってどこなんだろ？　早く行かなきゃ……綾人《あやと》さん、大丈夫なのかな）

　女王と話し合った翌日の夕方、里久《りく》は早速特別編入生として、綾人が通っている私立星《せい》北《ほく》学園高等部の門をくぐった。星北学園は全寮制の男子校であり、ハイクラス種の生徒ばかりが通ういわゆる名門校でもある。

　正門を入ってすぐに見えた校舎はヨーロピアン・アンティーク調の建造物で、校内には美しい欅《けやき》や楡《にれ》の木々が配置よく並び、まるで公園のように美しかった。

　けれど、指定された寮に向かって急ぐ里久の頭の中は綾人のことでいっぱいで、学園の豪華さや初めて見る景色にいちいち驚いている余裕もない。病気だと聞いて、昨夜もよく眠れていなかった。早く行かなきゃ、早く早く、と気ばかりが急《せ》く。

　里久は急ごしらえの制服の上に、学校指定の分厚いコートを羽織《はお》り、毛糸のマフラーと手袋をしていた。一日分の必需品を詰めたボストンバッグを持ち、きょろきょろと忙しく首を回して、寮を探す。

綾人は今、どんな状態なのだろう？

寝込んでいるのか、それとも、病を隠しているという話だったから平気なフリをして普通に授業を受けているのか。考え出すと心配で、息が詰まりそうになる。

もう会わないと言われた自分が呼ばれるくらいなのだから、相当悪いのではないか。

正門から十分ほど歩いたところで、ようやく寮らしきものが見えて、里久はホッとした。

校舎と同じ豪奢《ごうしゃ》な建物で、学生たちが何人も出入りしている。彼らはみな背が高く、体も大きく、顔立ちも整って華《はな》やいでいる。いかにもハイクラスの男たちだ。

（おれと全然違う……なんか、テレビで見る世界みたい）

「あれ？　なんだい、きみ。ロウクラスの庶民《しょみん》が、校内に入ってきていいの？」

さすがに気後《きおく》れして突っ立っていると、横から声をかけられ、里久は驚いて振り向いた。

見ると、寮生らしき一人が里久を見て不審げに眉《まゆ》をしかめている。

「え、なに。人いたの？　うわ、地味」

他の一人にバカにされ、里久はおろおろとした。

（ロ、ロウクラスだからバカにされてる？　と、とりあえず挨拶すればいいの？）

こんな態度を他人にとられたのは初めてだ。世慣れていない里久は、不測の事態に陥《おちい》って動転してしまった。

「あ、あの……ここ、メラク寮ですか？　今日からここに入る、クロ……じゃない、アメイロアリの黒木《くろき》里久です……よ、よろしくお願いします」

それでも蚊《か》の鳴くような声で勇気を出して言うと、「アメイロアリ〜？」と鼻で嗤《わら》われた。

バカにされてもケンカの経験がない里久には言い返す、という発想もない。

里久は女王から、学園ではクロシジミであることを伏せ、アメイロアリに擬態《ぎたい》するよう指示されていた。絶滅危惧種のクロシジミだと知れるのは面倒だし、綾人にとって不利なのだと。もともとクロシジミはアリに擬態する種なので、余程のことがなければバレない。

と、里久にからんでいた一人が「あ、綾人さん！」と声をあげた。

同時に、里久は誰かに肩を抱き寄せられていた。

乱暴、というのではなかった。気がつくとなにか大きなものが、里久の体を守るように横に立っていた。甘い香りが鼻先に濃く漂ってくる。

「……黒木くん。遅いから迎えに来たんだよ。こっちはメラクじゃない。ドゥーベ寮だ」

頭の上から聞こえてきた低く穏やかな声に、不意に記憶が揺り起こされる。心臓が大きく音をたてて、跳ね上がるように感じた。

「……あ、綾人さんの知り合いですか？　そ、そいつ、ロ、ロウクラス、ですよね」

里久をバカにしていた生徒が、頬を引きつらせている。

「ああ。有賀《ありが》の家で預かってる子なんだ。アメイロアリの子で、黒木くんだ。しばらくこの学園に置くことになった。うちの子だから、いじめないでくれ」

穏やかなのに、どこか有無《うむ》を言わせない声。

里久は顔をあげた。ブレザーの制服を着こなした大きな体。背も高い。広い肩幅に、厚い胸板。男らしい体軀《たいく》の上に、整った顔がある。黒い前髪の下、色香《いろか》を含《ふく》んだ甘やかな黒眼と、高い鼻。厚めの唇。上品な、優しい笑み。

里久は息をするのも忘れていた。切《せつ》なさが、鋭い刃のように胸を突き刺していく。

里久を支えてくれているのは、綾人だった。

三年間会えなかった片想いの相手。もう会わないと言われても忘れられず、叶《かな》うことはないと知っても、恋することをやめられなかった綾人だった。その綾人が今、眼の前にいて里久の肩に触《ふ》れている。瞼裏に過去の綾人の笑顔が蘇り、懐かしさに胸が詰まる。

(綾人さん……綾人さんがいる)

咄嗟に、里久は手で口を覆っていた。そんな大胆《だいたん》なことは一度もしたことがないのに、そうしなければ綾人の名前を呼んで抱きつき、会いたかったと叫んでしまいそうだった。

「綾人さんともあろう人がロウクラスを……？　さすが、か、寛大《かんだい》ですね」

気がつくと周りにはだんだん人が集まり始めていた。彼らは綾人と里久を見比べて、怪《け》訝《げん》そうな顔をしている。

と、綾人に「行こう。騒ぎになる」と耳打ちされ、里久は腕を引かれた。誰かが「なに、あの不細工《ぶさいく》。綾人さんに構われちゃって」と呟く声がする。人から悪意を向けられること

に不慣れな里久が体を竦《すく》めると、その時ほんの一瞬だけ、綾人の眼の中に金色の光が宿ったように感じた。里久はハッとして、綾人を見上げる。

けれど見間違いだったらしい。もう一度見ると、綾人の眼はクロオオアリらしい深い黒のままだった。まだ眼を合わせてはくれないが、抱えていたボストンバッグは持ってくれたし、握られた手首からは綾人の体温が伝わってくる。守られている気がして、それだけで里久はドキドキし、慌てて胸を押さえる。

(バカ。こんなことで舞い上がってちゃダメだろ)

今はそれどころではない。綾人は病気なのだ。

「あの、綾人さん、病気……大丈夫なんですか?」

寝込んでいるわけではないようだが、やはり心配で訊くと、綾人は前を向いたまま、どこか不機嫌そうにうっすらと眉を寄せた。

「寮で説明する」

素《そ》っ気《け》ない返事だ。もう少し温かく応じられるものと思い込んでいたから驚いたけれど、人に知られてはならない病気の話だからだろうと、里久は反省した。

(迎えに来てくれたんだし……一応、来てよかったんだよ、ね?)

なんにせよ、綾人に会えたのだ。そのことは素直に、飛び上がりそうなほど嬉しかった。

綾人は以前よりずっと男らしく成長している。人と話す姿も落ち着いていて、知的で品のある物腰が、まるで王子様のようだ。病気の心配さえなければ内心はしゃいでいただろう。

（それにおれ、綾人さんの役に立てるんだ）

綾人に会うまではただただ心配で、そんなふうに考える余裕もなかったけれど、思ったより元気そうな姿を見て安心すると、喜びが胸に湧《わ》いてくる。

綾人の役に立てる。長い間、恩返しがしたいと思ってきた。その想いが叶うのだ。

いつの間にか学園やハイクラスへの気後れも吹き飛び、里久はただ嬉しい気持ちで、綾人の足に遅れないようなるべく早く歩いたのだった。

星北学園には七つの寮がある。一応簡単な編入試験は後日受けさせられるものの、ほとんど裏口入学の形で編入してきた里久は、寮も綾人と同じにしてもらえた。

案内されたメラク寮は学校同様の豪華さで、里久は驚いてしまった。七階建ての大きな建物。各階には談話室があり、共同の風呂や遊技場、図書室なども完備されている。

それぞれの部屋にも風呂、トイレが設《しつら》えられ、ベッドや勉強机がそろっていた。一年生は二人一部屋、二年生からは個室になるらしい。里久は一年生だが、妙な時期の編入なので余り部屋に入れられることになり、自動的に個室となった。

一度綾人と別れた里久は、部屋に届いている荷物を確認した。中を探ると、マグカップが一つ出てくる。以前綾人をイメージして作ったものだから、あげようと思って持ってきた。青い夜と金色の王冠、街灯と街の明かりを描いた、大きなコーヒーマグだ。昔の綾人は、里久が描いた皿やカップを喜んでもらってくれていた。

カップを見ていると、王になるまで会えないと思っていた綾人に会えた嬉しさがまたこみあげてきた。けれど里久の脳裏には、すぐさま、女王の冷たく鋭い声が蘇《よみがえ》った。

――お前のせいで王になれなければ、綾人は一族を追放される。

とたんに、今も壁の向こうから女王に見張られているような気がして、舞い上がっていた気持ちはむしろ緊張に変わった。

(好きな気持ちは、出さないように気をつけなきゃ)

里久がここに来られたのは、奇跡のようなものなのだ。どちらにしろ、綾人と一緒にいられるのは病気が治るまでの短い期間だろうし、それなら精一杯役立って、別れる時にはちゃんと諦めよう。綾人を助けることができれば、それだけで十分だと思う。

と、部屋の扉がノックされ、里久は慌てて立ち上がった。扉を開けると、外に立っていたのは綾人だった。

大きな体に、端整な顔だち。懐かしいその姿を見ると、ときめきと緊張が瞬《また》く間に胸にのぼって、ドキドキした。はしゃがないよう気をつけて「どうぞ」と言ったけれど、構えすぎて声が上擦《うわず》ってしまう。

けれど綾人はなにも言わない。それどころか里久とは眼も合わせず、勉強机の椅子にどさりと腰を掛けて、頬杖をついた。その顔は無表情に見えて、どこか物憂《ものう》げだ。

もしかして、具合が悪いのだろうか。

綾人の不愛想な態度に、里久は初めそう思った。

外は薄暗くなりはじめ、窓硝子《ガラス》を叩く風の音が強い。里久はベッドの間接照明をつけた。ぼんやりと照らされた室内に、綾人のまとう香りが漂っていた。

それはクロオオアリの王種に特有の、果蜜《かみつ》のような甘い匂いだ。間接照明の中に浮かんだ綾人の横顔は美しく、長い睫毛の影が頬に落ちている。記憶よりも大人びた綾人の姿に里久はどぎまぎし、落ち着かずに突っ立っていた。

「一つ、確認したいんだが」

やがて呟いた綾人の声は低く、抑《おさ》えつけてくるようなものだった。

「女王から大体のことは聞いた。お前は俺を王にしてやろうと思って来たらしいな」

王にしてやろう、なんて、なんだか綾人らしくない言い方だと思い、里久は一瞬、引っかかる。けれど自分の勘違《かんちが》いにも思えたので、素直に頷《うなず》く。

「……あの、おれなら病気を治せるって聞いたんです。おれ、綾人さんが心配で……」

「ああ、心配とか、そういう話はいい」

役立ちたいという思いを伝える前に、綾人は顔をしかめて里久の言葉を遮《さえぎ》った。

「お前が口を開けば、きれいごとになるのは分かってる。俺の役に立ちたい……とか言うんだろ。そんなことはべつに知りたくない」

面倒くさそうな言い方だった。その言葉の棘《とげ》に驚いて、里久はぽかんとする。もしかしたらなにか怒っているのかと、自分でもよく分からない本能的な怖さがじわりと湧いてきた。

「お前、俺が王になれば他の男をパートナーにしなければならないと、知ってるのか？」

困惑している里久をよそに、綾人が小さな声で訊いてくる。

一瞬なんのことか分からなかったが、そのうち蟻酸注射の話だと気づいた。十六になったらパートナーから蟻酸をもらうと、そういえば女王が話していたのだ。たしか手始めに綾人からもらうようにと言われたはずだが、里久は綾人のことが心配でその話をきちんと聞いていなかった。

「えっと……はい。十六歳からは、そういう決まりだとは聞いてます」

戸惑いながら答えると、なんだ、と、綾人が小さく自嘲《じちょう》するように嗤《わら》った。

「やっぱりお前の答えは、二年前となにも変わってないんだな」

——二年前？

綾人の眼に失望と怒りが浮かんでくるのに気づき、里久は不安になった。不機嫌な態度をとられ、それが三年前までの、里久の記憶の中の綾人の姿とはあまりに落差がありすぎて、戸惑ってしまう。

「……分かった。もういい。さ、脱げよ」

綾人は立ち上がり、ネクタイを緩《ゆる》めながら、いかにも面倒そうにベッドへ腰を下ろす。脱げと言われ、里久は驚く。予想外の言葉に反応できずにいると、綾人が焦《じ》れたように舌を打った。束《つか》の間《ま》、その瞳が金に光って見える。

「わ……っ」

そして突然、綾人に腕を引っ張られ、ベッドへ投げられた。スプリングが効いたベッドで痛みはなかったけれど、あっという間にのしかかられ、うつぶせに組み敷かれて、里久は息を呑んだ。

「あ、綾人、さん……ま、待って。な、なに？」

急展開についていけず、上擦った声を出す。けれど綾人はなにも言ってはくれなかった。大きな手がズボンにかかり、釦《ボタン》をはずされチャックを下ろされて、里久はぎょっとした。下着ごと摑《つか》まれ脱がされそうになったところで、「待って、待って！」と、無我夢中で綾人の胸を押した。けれどシャツ越しにも分かる綾人の分厚い胸は、里久の細腕で押したところでびくともしなかった。

「おとなしくしてろ」

怒ったような唸《うな》り声が、耳元で聞こえる。その声にも混乱し、里久は怯《おび》えた。

「だって、いきなり……」

「いきなりもなにも、俺を王にするよう、女王に言われて来たんだろうが！」

不意に綾人が怒鳴った。まるでこれまでこらえていたものが、一息に噴《ふ》き出したような怒鳴り方だった。その瞬間、里久は愕然として綾人を見つめた――。

綾人の髪と眼が、一瞬にして、まばゆいばかりの金色に燃え上がったのだ。

クロオオアリの特徴は、濃い闇のような黒い眼と髪だ。それなのに今、綾人は金髪金眼になっている。

驚いて眼を瞠っている里久に、綾人が舌を打った。瞬く間にズボンと下着を脱がされ、下半身を露《あら》わにされる。

「あ……、ま、待って」

そこでようやく我に返り、慌てて抵抗しようとした里久は、綾人に後頭部を押さえられ顔を羽根枕《はねまくら》へと埋《うず》められた。視界を遮られ、里久は「いや」と、くぐもった声をあげた。

乱暴な仕打ちに、強い恐怖が迫り上がってくる。

「振り返るな」

綾人は低く、命じてくる。容姿とともに、態度まで恐ろしく豹変したように感じる。

「俺を振り返るな。俺に顔を見せるな。俺はお前だと思わずに抱くから……」

どこか痛みを我慢しているような、苦しそうな声だった。

（抱くって……セックス、ってこと？）

いくら世間知らずの里久でも、さすがにその単語は知っている。けれどなぜ、綾人と自分がセックスをするのだろう。

そしてその意味を理解する間もなく、里久は首筋に走った鋭い痛みに、悲鳴をあげた。

「あっ……いたあっ！」

信じられなかった。綾人が里久の首に噛みついている――。

アリを起源種にするハイクラスは、長い牙を持っている。日本最大種のクロオオアリ、それも王種の牙となれば、その鋭さは類を見ない。里久は恐怖で声を失ったが、その痛みはすぐに消えた。かわりに首の血管になにか熱いものが広がり、体がじんと痺《しび》れていく。

（これは……蟻酸……）

言われなくても、里久には分かった。

綾人は里久の首へ、直接蟻酸を入れている。

蟻酸はクロオオアリが持つ特有の毒だが、クロシジミにとっては最良の治療薬となる。体に入れられれば血管が開き、一瞬甘酸っぱいものが内部へ広がる。小さな頃から慣れ親しんだ感触だった。

けれど違っていたのは、その量だった。それは毎月、治療のために注射を打たれる時とは比べものにならないほど多量で、首から綾人の顔が離れていった時には、頭がぼうっとし、里久の全身はひくひくと震えていた。

「あ……あ、あ……」

大量の蟻酸を入れられた体の芯はほころび、性器にはぼんやり熱がこもっている。

「お前は……知ってるのか。蟻酸の大量摂取が、クロシジミには強力な媚薬になること」

小さな声で呟かれたが、その意味を理解する間もなく、里久は裸の腰を抱《かか》えあげられ、尻だけ高くされた。はしたない姿勢が恥ずかしくて、里久はたまらず真っ赤になった。

「い、いや、な、なんで、こんな、綾人さん……っ」

振り返ろうとしたが、すぐに「見るな」と声がし、再び頭を枕に押しつけられる。

「おとなしくしてろ。俺の病気を治したいんだろ。これが治療だと、聞いたはずだ」

唸るように言われると、里久は動けなくなった。

(綾人さんの治療？　これが？　これがおれの、役に立てること？)

困惑したまま、枕を抱きしめて震える。耳にはカチャカチャとベルトをはずすような音が聞こえてくる。綾人がズボンをくつろげているのだと気がついた次の瞬間、信じられない場所に、得体《えたい》の知れない、熱いものをあてがわれるのを感じた。

(なに？　なに？)

怒られるのが怖くて、綾人に顔を見せないよう下から後ろのほうを覗《のぞ》くと、いつの間にか淡《あわ》く勃《た》ちあがっている自分の性器の向こうに、大きくそそり勃っている綾人の太い性器

が見え、里久は恐ろしさに息が止まった。

（なにあれ、あんな、大きいの――）

まさか、自分の中に入れるのだろうか。綾人は震えている里久に構わず、後孔《こうこう》の入り口に自身の先端を擦《こす》りつけてくる。硬い杭《くい》で押されると小さな後孔が痛み、里久は涙ぐんだ。

「いた、い、いた、や……っ、やだ……っ」

「首から蟻酸を入れたからすぐほぐれる。声を出すな。役に立ちたいんだろう」

綾人が苛立《いらだ》たしげに言う。

――役に立ちたい。そうだ、役には立ちたい。だから来たのだ。

（我慢しなきゃ。おれにできることがこれなら、我慢しなきゃ）

里久はそう思った。なにもかもが分からない状況だが、里久が学園に来たのは、このためだと言われたのだ。

ぎゅっと眼をつむり枕を抱きしめ、振り向かないよう、声を出さないよう唇を噛んで、「ん、ん」とくぐもった声を漏《も》らしているうちに、後孔がひくんと緩む。するとその瞬間を狙ったように、里久は綾人に、奥まで貫《つらぬ》かれていた。

「んっ、んんっ、んー……っ」

入れられた激痛に背が軋み、目尻には涙が滲んだ。頭上では、綾人がかすかに息を乱している。

「……くそ」

綾人はどうしてなのか、独《ひと》り言《ごと》のようにそう呻《うめ》いている。

「……くそ、入れちまった」

「あ……！」

突然、深く突かれた。激しい抽挿《ちゅうそう》に慣れない体がついていかず、里久は待って、と言おうとした。

(待って、待って、ゆっくりして……)

けれど声を出すなと言われているから、ぐっと我慢する。幸いなことに、数度突かれただけで里久の後孔は緩み、痛みはすぐに消えた。自分でも分からないうちに体に甘いものが走って、快感が奥から迫ってくる。いつの間にか腰が揺れ、体が溶け始めていた。

「あ……んっ」

抑えられずに声が漏れ、びっくりする。怒られないよう慌てて口をつぐんだ。

綾人は里久と思わずに抱くと言っていたのだから、声を出してはいけない――。

そう思ったとたん、胸が詰まり、苦しくなってきた。自分がまるで、心のない、作り物の人形にでもなったような気がした。

(綾人さん、そんなにおれを、抱きたくないんだ)

今さらのように、そう気がつく。

「ん、んっ……んっ、ふ、んんっ」

枕に顔を押しつけながら、里久はたまらず涙ぐんでいた。なにが辛いのだろう、自分はバカじゃないだろうか。役に立てるのならそれでいいと思って来たはずなのに、いやいや抱かれていることにショックを受けている。

けれど辛い気持ちとは裏腹に、体はどんどん蕩《とろ》けていく。貫かれると全身が切なく震え、小ぶりの尻が綾人の杭をきゅうきゅうと締め付けて、揺らめく。

(あっ、や、あ……あっ、んっ)

頭の中だけで声をあげる。初めてなのに感じている自分に里久は戸惑った。快感の波に翻弄されて怖い。その怖さとみじめさに、ただ止めどなく涙がこぼれる。

「……泣くな、お前が選んだんだろう。俺だってこんなことしたくない。二年前、お前は弁解しなかった。俺はそれがお前の答えだと思ったから、もう会うつもりもなかったのに」

里久を揺さぶりながら、綾人が小さな声で呟いている。

——俺は、里久が、好きなんだ……。

突然、その言葉が耳に返ってくる。

それは三年前、十五歳の綾人が里久に言ってくれた言葉だった。

これまで一度も忘れたことはない、長い間、何度も何度も記憶に返して、慰《なぐさ》めにしてきた言葉だった。もちろん二度と、言ってもらえることはないと諦めていた。それでもその綾人に、こんな形で抱かれるなんて里久は思ってもみなかった。

気持ちが混乱し、悲しいのかさえ分からないまま泣いていた里久の中へ、綾人の熱い精が放たれたとたん、里久は眼を瞠った。腹の中に綾人の精が染み込んでくると、突然底なしの穴の中に引きずり込まれるような、恐ろしいほどの快感に襲われたのだ。

「あっ、あーっ、やっ、や……っ、なに、これ、や……っ」

甘い悦楽に四肢が痙攣し、里久の中で、綾人の杭が硬さを取り戻す。

(なに……これ、なに……⁉　いや、怖い……っ、怖い……っ)

不意に体が自分のものではなくなったようだった。性器が膨《ふく》れ、小さな尻がいやらしく動いてしまう。恥ずかしさに、里久は真っ赤になった。

「んあっ……ん……っ」

深く貫かれ、里久はがくがくと体を波打たせた。

痛みはなくても、深すぎる愉悦《ゆえつ》が怖くてたまらなくなった。

「や、あ、だめ……っ、こわっ、こわい……っ、こわい……っ」

いつの間にか、ごめんなさい、ごめんなさい、と里久は泣いていた。聞かせるなと言われていたのに、声が出てしまう。枕が泣き濡れてぐっしょりと湿《しめ》るほどになった時、綾人が突然、動きを止めた。頭上でため息が聞こえ、小さく舌を打つ音がした。

気がつくと、里久は胸を抱えられ、綾人の手でうつぶせから仰向《あおむ》けにされていた。濡れた視界に、金色の髪と眼の綾人が映る。その顔は、困ったような苦い表情を浮かべていた。

「怖くない。……怖くないだろ、ほら、俺に摑まってろ……」

深い快感の中で、里久は綾人に抱き寄せられるのを感じた。強い腕。分厚い胸。逞《たくま》しい肩にしがみつくと、大きな手があやすように薄い背中を撫でてくれた。

長い指がためらうように里久の髪に触れ、一度離れたけれどまた戻ってきて、ゆっくりと梳《す》いてくれた。耳元で「怖くない。ほら、怖くないだろ?」と、声がする。

(綾人さんだ……)

その時、里久はそう思った。

綾人だ。今里久を抱いてくれているのは、里久が知っている綾人だ。優しい声で、里久を安心させるよう、守るように宥《なだ》めてくれている。体の奥が温かくなり、ホッとした。もう大丈夫。なにも怖くないと思えて、抱きついたまま、小さく頷く。

「……お前がイったら終わるから」

そう言って、綾人が淡く、中を突いてくる。

「イけば、甘露《かんろ》が出るから……」

甘露、という知らない言葉を聞いても、揺さぶられるとまた感じて、それがなにか問う余裕もない。声を抑えようと唇を嚙むと、綾人が眼を細め、悔《くや》しそうにため息をついた。

「もういい。声は、出していい。唇を嚙むな。血が出るから……」

綾人の指が、里久の力みを解《ほぐ》すように優しく、唇を撫でてくれた。緊張が解け、里久はもう我慢できずに喘《あえ》いでいた。尻が円を描くように揺れ、意識が飛びそうになる。触られてもいない乳首がシャツの中で尖《とが》り、張り詰めた性器が濡れて、ぴくぴくと脈動する。やがて熱い塊《かたまり》が腰の奥から切なく押し寄せてきて、里久は泣きながら綾人の首を抱きしめた。

「あ、あん、やっ、あー……っ」

その時綾人が小さな声で「くそ」と呟くのが聞こえた。

「どうしてそう、感じやすい体なんだ……」

それはどういう意味なのか、里久には分からなかった。

里久の性器からたまらず飛沫が放たれるのと同時に、再び綾人の精が、里久の中に迸《ほとばし》る。

とたん、肩胛骨《けんこうこつ》の下から、なにか質量のあるものが飛び出していた。

着ていたシャツを押しのけて背から飛び出したものは、黒い翅《はね》だった。

チョウを起源種とした人間に残された、一つの象徴でもある。クモが糸を、ハチが針を、アリが牙をいまだ残しているように、チョウ種は肩胛骨の下に、翅をしまっている。飛び出た翅は快感に震えるように、ひらひらとうごめいていた。

まだ悦楽に悶《もだ》えながら、里久はその翅を涙にかすんだ眼で振り返った。驚いた。里久はほとんど翅を外に出したことがない。しかも勝手に出てきたのは初めてだった。

「気持ち良すぎて翅が出たのか。……甘露も、出てきたな」

綾人がまるで、なにか苦いものを噛んだように呟く。里久は体の奥からじわりと、甘い蜜のような、温かなものが溢《あふ》れてくるのを感じた。イッたばかりの頭はぼんやりし、里久はまるで酔ったようだった。眠気に襲われて力を失うと、倒れかけた体を綾人が支えてくれる。

「里久……」

薄れていく意識の中で、綾人の声が聞こえた気がした。

「……お前はこんなふうに俺を苦しめるんだな。二度も裏切って」

その声には深い苦悩がにじんでいた。悲しみ、痛み、絶望と怒り。言葉にならない悲鳴のようなものが。

（裏切るって……？）

意識が遠のいていく瞬間、里久は綾人を見上げた。

綾人は眉を寄せ、傷ついたような顔で里久を見下ろしている。

その時、燃えるような金色だった髪と眼が――どうしてなのか、闇《やみ》のように濃い黒に戻っていくのを、里久はたしかに見たのだった。

三

　里久は夢を見ていた。

　──そう。綾人《あやと》に、グンタイアリの血が出たのね……。

　あれはたしか去年のことだ。有賀の屋敷の中、たまたま通りかかった部屋の前で、女王がそう言う声を聞いてしまった。

（綾人さんの話？　グンタイアリの血って？）

　グンタイアリというのは、クロオオアリの倍以上も大きな外来種のアリのことだ。牛一頭まるまる囓《かじ》り尽くして、骨にしてしまうほど強いアリとして恐れられている。

『先祖に混ざっていた血が、綾人様に出てきたようです』

『問題は、それが世に知られれば、綾人を王にはできないことだわ』

　グンタイアリ化する血は、純血ではないと言われる。純血を第一とする有賀《ありが》の一族に、それはあってはならないことだと女王は続けていた。

『ならば、有沢遙《ありさわはるか》様を王に推《お》しますか？』

『有沢家は分家です。女王直系親族の綾人の家とは、格が違う。グンタイアリ化は年をとれば落ち着いていくもの。ようは、世間に知られなければいい』

『ですが、一度その姿が定着すれば、もう戻れません。露見《ろけん》する前に、学校を変えては』

『突然転校などしたら、周囲に勘ぐられます。分家の中には、遙を王に推す声もある』

『とはいえ、グンタイアリ化している間は、怒りの制御が困難です。抑えるにはクロシジミしか……』

女王が小さな声で、『いざとなれば、甘露しかないわね』と、呟いた。

『里久は……綾人に対しての最後の切り札だから、なるべく会わせたくはないけれど』

自分の名前が出て、里久はそれ以上聞いているのが怖くなり、そっとその場を離れた。

女王は里久が立ち聞きしていたことには気づいていなかったのか、それからもなにも言ってこず、里久も訊けず、結局は日々の中で忘れていた。

里久はそのことを、夢うつつに思い出していた。


眼を覚ますと、頭上には綾人が見えた。

黒眼黒髪の、いつものクロオオアリの綾人だ。あの金髪も、金の瞳も消えている。外は暗くなっており、ベッドサイドの明かりだけがついている。

（そうだ……おれ、今日、この学園に来て……綾人さんに、抱かれたんだ）

里久はベッドに寝転がされ、いつの間にか衣服も着せられていた。よろよろと起き上がると腰の奥にじんと甘いものが走る。とたん、自分の体から綾人の香りが立ち上ってきて、里久は顔を赤らめてうつむいた。

（セックスしたら、上位種の匂いが下位種にうつるって、聞いたことあるけど……）

今、里久の体には綾人の匂いがついていた。それが気恥ずかしく、気まずくて綾人の顔を見られない。綾人はそんな里久からは眼を逸《そ》らしたまま、なにかを放り投げてきた。布団の上に白いカプセル剤が一つ落ち、おずおずと拾い上げると「匂い消しだ」と言われた。

「飲んでおけ。お前を抱いたと、周囲に知られるのは困る」

里久は最初よく分からないまま、匂い消しだという、そのカプセル剤を見つめた。窺《うかが》うように見上げても、綾人は里久のことを振り向こうともしなかった。

（綾人さん、全然こっち見ない……）

――俺に顔を見せるな。俺はお前だと思わずに抱くから……。

抱かれていた最中の言葉が耳に返り、里久の中にみじめな気持ちが広がってきた。

「あの、綾人さんの病気って……髪と眼が、金色になることですね？　それを治すには、おれを抱くしかない……だから、これが治療、なんですよね？」

震える声で確認すると、綾人は「今さらなんだ。女王から聞いてるだろう」と眉を寄せた。里久はなにも知らなかった。けれどもし治療の内容を知っていたとしても、それが綾人の役に立てるのだと知れば、きっと同じようにやって来ただろうと思うと、そうとは言えなかった。

悲しい気持ちになっているのは抱かれたことが辛いわけではなく、綾人がそれを迷惑そうにしているからだ。

(でも……病気、治すためだから、綾人さんも仕方なくおれを抱いたんだ)

ならば、役に立てて嬉しい。本当ならそう思えるはずなのに、とても思えなかった。

「一応、お前にとってもメリットはある。蟻酸を入れる一番効率のいい方法は、セックスだからな」

黙り込んでいる里久に、綾人がため息混じりに教えてくる。

言われてみれば、あれだけ激しく抱かれたあとなのに里久の体はいつもより軽く、壁につるしてある鏡を見たら、噛みつかれたはずの首筋にも、痕《あとひと》一つ残っていない。首を噛まれたり、綾人の精を入れられたりして、体内に直接蟻酸を注がれたせいだろう。

女王の言っていた、十六からは、パートナーに直に蟻酸をもらう、というのはこういうことらしい。

「俺はお前に蟻酸を与えるかわりに、甘露をもらう。それを続ければ、俺の病は治る」

「甘露?」

覚えのない言葉に首を傾《かし》げると、綾人が「お前の体液だ」と言う。とにかく、綾人は里久を抱くことで「グンタイアリ化」という病を抑えられるようだった。

「セックスは二日に一度でいい。匂い消しの薬は、その都度一錠ずつ渡す。何錠も飲むと危ないから、貯めて飲んだりするな。お前が倒れたら面倒だ」

綾人の口調は淡々としていた。綾人はやはり里久を見ず、名前さえ呼ぼうとしない。

「――お前と関わるのは女王の命令で、俺の義務だと割り切る。外では親切にしてやるが、もう、昔のようにお前に振り回されるのはごめんだ」

冷たい言葉に、里久は息苦しささえ感じた。なぜこうまで拒絶されているのか、どうしても分からなかった。部屋を出て行こうとした綾人を、里久は咄嗟に「綾人さん」と呼び止めていた。

綾人は立ち止まってはくれた。けれど、振り向いてはくれなかった。

大きな背中からひしひしと伝わってくる拒否するような空気に、里久は怖じ気づく。

――綾人さんは、おれに会いたくなかった……？　おれは会いたかったのに……。

胸の内に浮かんでくる言葉が、口に出せない。身に過ぎた想いを口にしてはならないという女王の声が耳に返ってきたのだ。

「……おれは、役に、立てましたか？」

ようやく出てきた言葉に、けれど里久は後悔した。役になど立っていないと言われたら、どうしたらいいのか。なんのために来て抱かれたのか。自分の心が引き裂かれてしまう。

しばらくの間黙り込んでいた綾人が、小さな声で答えた。

「女王の役には、立ったんじゃないか」

それは里久の聞きたかった答えとは違った。里久が知りたかったのは綾人の気持ちだ。綾人が里久をどう思って抱き、会ったことをどう感じているのかだった。

「薬を飲め。飲まずに出てくるな。ここでは、俺の言うことを守れ」

綾人はそれだけ言い置くと、もう部屋を出て行ってしまった。扉が閉まると、まるで綾人の心からも閉め出されたような気がした。

会わない三年の間になにがあったのか、綾人は変わってしまったのだろうか？　けれど外で会った時、他の学園生と話していた綾人にはそれほど違和感を感じなかった。

（もしかしたら、おれが綾人さんに、なにかしてしまったのかな。俺が鈍いから、分からないだけで……）

身に覚えなどないけれど、そうでなければ辻褄《つじつま》が合わない。

のろのろと手の中を見ると、匂い消しのカプセルが一つだけ、取り残されたように転がっていた。飲めば、里久の体から綾人に抱かれた証を、すべて消してしまう薬だ。

里久にはこの白いカプセル剤が、綾人の心を表わしているように思えた。里久を抱きたくない、会いたくなかったと拒んでいる、そんな心を。

「おれ……来ないほうがよかったですか？」

里久は誰にともなく、訊いてみた。

綾人がいればそうだと肯定される気がして、里久はうなだれたまま、しばらくの間身じろぎ一つ、できなかった。

四

里久《りく》が有賀《ありが》家に引き取られたのは、九歳の時だった。
幼い頃に両親と死に別れた里久は、それまで施設で育てられていた。頻繁《ひんぱん》に体を壊して
普通の薬が効かない里久は、いつも寝込んでいたので、友達もできなかった。
熱に浮かされている時、寮母《りょうぼ》や医者が「あの子は十歳までもたない」と話しているのを、
夢うつつに何度か聞いたことがあった。
（ぼく、きっともうすぐ、死んじゃうんだ）
毎日毎日、里久は自分のそばにつきまとっている死の影を感じていた。
真夜中、ふと熱が下がって眼が覚めると、施設の片隅、いつも里久が寝ていたベッドか
らは窓が見え、暗い夜空にきれいな星がきらめいていた。
星を見ていると、好きな人や、好きになってくれる人もいないまま死んでしまったら、
自分が生まれた意味はあったのだろうかと、里久はいつも考えてしまった。
（お母さんかお父さん。それか、お兄ちゃん。優しいお兄ちゃんがいてくれたらな……）

そしていつしか、そんなことを夢想《むそう》するようにもなった。

その時はただ、自分のことを一番に好きでいてくれる人が一人、ほしかっただけだ。もしそんな人がいてくれたら、いくらでも生きていけるし、いつ死んでも怖くない気がした。

「薬が効かないわけです。検査をしたら、この子はクロシジミでしたよ」

そんなある時、施設の担当医が、寝込んでいる里久の枕元《まくらもと》で寮母にそう話した。驚く寮母に、担当医はクロシジミが特殊な種であることを説明し、「有賀家が引き取ってくれます」と言った。それから腰を屈《かが》めて里久の顔を覗《のぞ》き込み「もう大丈夫だよ」と慰めた。

「クロオオアリの蟻酸があれば、きみは病気を治せるし、生きていけるからね」

クロシジミには普通の薬が効かないこと、唯一《ゆいいつ》効く薬がクロオオアリの蟻酸であり、それはクロオオアリが体内で作る毒性物質であることを、里久は医者から教えられた。

寮母に「よかったわねえ」と言われてもよく分からなかったが、ただ自分がどこかに引き取られることになるらしい、とだけ、分かった。

それから数日後、熱もいくらか下がったので、里久は寮母に言われて施設のバザーに出ることになった。バザーは毎年開かれていた地域交流のイベントで、施設の子どもたちが作ったクッキーやはがき、石けんなどを売るのだ。

出来合いの陶器《とうき》に絵入れをし、近くの工房で焼いてもらっただけの食器も売っていて、里久はそこの露店《ろてん》の店番役をした。その時、なぜだか里久の作ったものが一番売れた。

「これ、あなたが描いたの？　いいわねえ」

老婦人が里久の作ったマグカップを手にニコニコと言ってくれたので、里久はびっくりしてしまった。知らない人にこんなふうに話しかけられたことも、褒められたことも初めてだった。そのあとも買ってくれる人は途切《とぎ》れず、何人めのお客さんだったのか、「これ、僕、好きだな」と言って里久よりいくつか年上の少年が立ち止まってくれた。

黒髪に黒眼。端整な顔だちで、着ているものも上等そうだった。このあたりでは珍しい風貌《ふうぼう》の彼に、近所から来たお客さんたちは「ハイクラスじゃない？」「どうしてこんなとこへ？」と、ひそひそと話をしていた。

少年は里久の描いた皿を三枚、手にとって見ていた。朝、夕方、夜の、それぞれの時間をモチーフに、施設にあった写真集で見た、外国の町並みと、空を描いた作品だった。

少年が好きかも、と言ってくれたのが自分の描いたものだと知ると、嬉しさと緊張がないまぜになって里久の小さな心臓が早鳴った。固唾《かたず》を呑んで見ていたら、少年が「これを描いたのはきみ？　なんでこういう絵にしたの？」と訊《たず》ねてきた。

「それは……あの、あの」

緊張で体を強張《こわば》らせ、里久はおろおろと言葉を探した。話すのはとてつもなく苦手だった。里久に話しかけてくるのは寮母と医者くらいしかいなかったし、意見や考えを訊かれたことはほとんどない。どうしてこの絵を描いたの、なんて、自分に訊く人がいるとは、里久は思ってもみなかった。

「先生が……好きなものを描きなさいと言ってて……それは好きな写真で……」

上手く喋《しゃべ》れない自分に、少年が呆れて帰ってしまわないかが怖くて、里久は精一杯話した。けれど少年は、たどたどしく話す里久の言葉をじっと待っていてくれた。穏やかな、優しげな黒い瞳を見ていると不思議と落ち着いていき、里久はだんだんきちんと言葉を選んで話せるようになった。

「たくさん家があって……窓の向こうにいろんな家族がいて、一緒にご飯を食べたり、笑ってたりして……幸せなんだろうなって思って、いいなあって思って」

街の明かりの一つ一つ、家々の窓の一つ一つに、家族がいて、愛し合って暮らしている幸せな姿を思い描き、自分もその中に入りたいような気持ちで、里久は描いたのだ。

いつか自分も、そんな人が一人だけでもほしい。そう願うような気持ちで、描いたのだ。

足らない言葉で話していたら、少年はやがて笑みを消し、悲しそうな眼をした。

「そっか……少し淋しいね。でもこの絵、優しい気持ちになれるよ」

皿を見つめながらそう言ってくれた彼に、里久は言葉もなく頬を上気《じょうき》させた。

幼い里久には淋しさも愛も、誰かに優しくされたいという気持ちも、言葉にして自覚しているものではなかったし、少年が自分の淋しさを理解してくれたということも、はっきりとは分からなかった。ただ彼が里久の言葉を聞いてくれ、里久の気持ちを分かってくれ、そのうえで絵皿を褒めてくれたことが嬉しかった。

そのうちきれいな女性がやって来て、綾人《あやと》、と少年を呼んだ。女性が「その子がクロシジミよ」と続けると、綾人と呼ばれた少年は眼を瞠り、嬉しそうに笑ってくれた。

「きみのこと、探してたんだよ。一緒に帰ろう――」

差し出された手を、里久は夢心地で見つめた。

幸せが波のように押し寄せてきた瞬間だった。彼は有賀綾人と名乗り、今日、女王と二人で里久を迎えに来たのだと言った。この人のそばにいられるのだと思ったら、その時の里久には不安も疑問も浮かばなかった。

優しいお兄さんがほしい。そう願っていたから、神様がなにかのご褒美《ほうび》に、願いを叶えてくれたのだろうかとさえ、思った。

里久はこうして、有賀家の大きな屋敷に引き取られたのだ。


引き取られると、里久は月一回女王と呼ばれる女当主の蟻酸を注射してもらうようになり、以前ほど寝込まなくなった。

けれどそれよりなにより嬉しかったのは、綾人が里久と同じ屋敷に暮らしていたことだ。

あとで知ったことだが、綾人は有賀家の中でも女王の直系親族にあたる本家の血筋で、

それも王種と呼ばれる、特別な生まれだった。

「王種はクロオアリの中でも血の強い種のことなんだ。女王と結婚する婿は、一族の王種から選ばれる。つまり僕は、将来、次の女王と結婚させられるってこと」

引き取られたばかりの頃、里久は綾人にそう聞いた。

「僕の両親は通常種だから、別の屋敷にいる。女王は僕を次の王にしたいから、本宅に引き取って、今から意識を育てるんだってさ。べつになりたいなんて言ってないのに」

綾人はよく、そうぼやいていた。

「王種は分家にも、あと一人いるんだ。あいつが王様でもいいのにね。一族は、僕を管理したくてたまらないんだろうな」

里久には難しい話だったが、管理されていたのは里久も同じだった。小さな部屋の中に閉じ込められ、外の世界とは完全に切り離された生活を送っていた。

けれど綾人が高校の寮に入るまでは、里久は綾人に通信の勉強をみてもらったり、看病をしてもらったり、淋しい夜にはこっそり、一緒に布団で眠ってもらったりしていたので、不満を感じたことはほとんどなかった。

――里久はすごく可愛い。世界で一番可愛い。

それが綾人の口癖《くちぐせ》で、綾人は毎日のように里久を抱きしめてくれ、まるで本当の弟のように可愛がってくれた。

世界に、自分のことを好きでいてくれる人がいて、自分もその人のことが好き。

幼い頃から願い続けていたただ一つのことが叶ったのだ。綾人といると幸福で胸がいっぱいになり、淋しさは遠ざかり、風邪をひいて寝込んでも平気だった。もういつ死んでも怖くなかったし、同時に、いくらでも生きていける気がした。

「お皿の図案を描いてたんです。綾人さん、どれがいいですか？」

冬のある日のこと、中学校の帰りに里久の部屋に来てくれた綾人に、今日はなにをしていたか訊かれて、里久はその日描いた絵皿の案を見せた。

たしか里久が十二歳、綾人が十五歳の冬だった。まだ学校指定のコートも脱いでいなかった綾人からは、北風の冷たい気配が伝わってきた。

里久が絵を描くようになったのは、綾人に勧《すす》められたからだ。

学校にも行けない里久は、なにもできることのない自分に時々落ち込むこともあって、ある日そんな気持ちを察した綾人に「絵を描いたら」と、励《はげ》ましてもらった。

『初めて会った時、お前、皿に絵、描いてたろ。あれ、今でも俺、部屋に飾ってるよ』

可愛くて気に入っている、優しい気持ちになる……と、綾人はまた、言ってくれた。

そんなことを言われて、嬉しくないはずがない。いつからか里久は暇《ひま》さえあれば色鉛筆を握りしめ、スケッチブックを広げるようになった。

「このお皿はね、綾人さんのイメージなんです」

それはカラスを描いた皿で、綾人の黒眼と黒髪から連想していた。次のページをめくると、今度は、金色の星がモチーフのもの。それも、綾人のイメージから作った。

「星が？　なんで俺？」

「綾人さんは、おれにとっては、きらきらしてるから！」

そう言うと、綾人は照れくさそうに眼を細めて笑っていた。次のページは大きな城。これも綾人。次のページはそのままアリ。これも綾人だ。

「……さっきから俺ばっかりだぞ」

「あれ、そうですか？」

言われるとそんな気がして、里久は慌ててしまった。一日中綾人のことばかり考えている自分を見透《みす》かされたようで恥ずかしかったけれど、素直に「ほんとだ」と、笑った。

「あの、でも、好きなものを描くのが、一番気持ちがこもるからいいんです」

てらいもなく、そんな言葉も口にした。聞いた綾人が一瞬黙り、その黒い瞳がどこか切なげに揺れていても、里久には綾人の気持ちは分からなかった。

「あ、そうだ、これも綾人さん」

そう言って里久が指さしたのは、王冠だ。王種だから、いつか王様になるから、王冠。

そんな単純な理由だったけれど、そのモチーフを見た時、綾人はどうしてか一瞬、表情を曇《くも》らせたように見えた。

「里久が俺を好きなのは、俺がクロオオアリで、王種だからか……？」

　ふと綾人が、静かな、けれど絞《しぼ》り出すような声で訊いてきた。

「俺が、たまたま最初に会ったクロオオアリだからお前は俺を好きなだけかもしれない」

　綾人がどうしてそんなことを言うのか分からず、里久は戸惑ってしまった。

「……綾人さんを好きなのは、綾人さんがおれに、優しくしてくれるからですよ？」

　いや本当は、優しくしてくれるかどうかも、それほど重要ではなかった。綾人のことが好きなのは、里久にとってあまりに自然なことで、理由など考えたこともない。

「べつに、優しくなくても好きかも。えっと、綾人さんだから好きなのかな？」

　自分でもうまく伝えられずに困っていた里久に、綾人がふっと頬を緩めた。大きな手が、里久の手の上にそっと、重ねられる。温かな綾人の体温を直《じか》に感じ、まだ恋も知らなかった里久の小さな胸が、ドキリと高鳴った。

「……ありがとう」

　囁くような声で言う綾人の顔が妙に思い詰めているように感じ、里久は心配になった。小さな手で綾人の手を握り返し「なにかありましたか？」と顔を覗き込んだら、綾人はわざとのように笑顔になった。

「なんにもないよ。里久は心配しなくていい。じゃあ、俺はこの、王冠の皿がいい！」

　明るく言われると、里久はそれ以上訊けなかった。これまでも時々綾人が落ち込んだ様子を見せることはあったが、心配しても、「里久はなにも知らなくて大丈夫」と言われるだけで、事情を話してもらえたことはない。

(相談してくれたらいいのに。でもおれじゃ、力になれないんだろうな)

子ども心にも、うっすらと自分の無力さ、綾人の抱えているものの大きさが分かっていたから、里久はいつも結局、綾人の悩みに踏み込めずにいた。

ふと喉《のど》を詰まらせてコンコン、と咳をすると、綾人が里久の肩を抱いてくれた。

「熱があるのか？　そういえば昨日も、咳してたな」

「微熱です。今、本当はベッドで寝てることになってるんだけど、大丈夫」

すべて言い切る前に、里久はまた咳き込む。綾人は背中をさすってくれ、肩に厚手のカーディガンをかけてくれたりした。寒気がのぼってきたので、自分でもまずいなと思ってベッドへ入る。枕元に座った綾人は、気がつくと悔しそうな顔をしていた。

「お前がこんなに辛そうなのに、女王はよく放っておけるな」

里久の風邪は蟻酸があればすぐに治るけれど、注射は明後日の予定だ。

蟻酸は女王の血液から直接抽出される。鮮度が保てるのはせいぜい二日で、忙しい女王は採血の時間さえ惜しいらしく、長く病んでいても月一度の決まりは変えてもらえない。

「お前が楽になれるなら、俺だったら毎日でも採血するのに」

独り言のように吐き出す綾人に、里久はしばらく言葉を探していた。

綾人は里久にはけっして言わないが、里久が病気になるたび、女王に「早く注射をしてあげてください」と食ってかかっているそうだ。それがもとで、二人は何度もぶつかっているという。里久はそれを、執事から聞かされていた。

──死ぬような病でもないのに、綾人様を焚《た》きつけないでください。

そう叱られた時、里久は驚いてしまった。綾人が女王と、自分のことで揉《も》めているなど知らなかったし、綾人はそんな素振りを里久に見せたことさえなかった。

「大丈夫です、明後日には注射ですもん。すぐ治ります。ちょっとの我慢だし。あの王冠のお皿、作りますね。今月は一枚なら作っていいって、許してもらえたんです」

心配させたくなくて笑うと、里久を見下ろしていた綾人の眼が、悲しそうに揺らめいた。

「……お前はこんなに小さい体で、すぐ病気になって……でも文句も言わない。それなのにそんなお前に、誰も優しくしない」

綾人が声を震わせ、眉を寄せてうつむいた。

「こんな家、俺は大嫌いだ」

綾人の肩も、声と同じように震えている。

綾人が自分のために悲しんでくれるのは嬉しい。けれど同時に、自分のせいで綾人が傷つき、血のつながった人たちを嫌っていると思うと辛かった。

「でも、本当はもっと早く死んでたんですよ。それにおれは綾人さんがいれば幸せです」

　里久は慰めるようにそう言った。自分のことで傷ついたり怒ったり、悲しんでいる綾人を見ていたくなかった。綾人が里久を幸せにしてくれているのだから、綾人にも幸せでいてほしかった。少しでもいいから、自分も綾人の役に立ちたい。里久はいつもそう思っていた。

　顔をあげた綾人の眼は、ウサギのように真っ赤になっていた。やがて体を屈め、綾人は里久の隣へと、ゆっくり身を横たえてくる。こめかみとこめかみを合わせて、二人くっついていると、この大きな屋敷の中でただ綾人と自分だけが取り残されているようだった。

「お前がクロシジミじゃなければなあ……」

　その時、ごく小さな声で、綾人が独り言のように呟いた。

「クロシジミじゃなければ、連れて行けるのに」

　触れ合ったところから、綾人の苦しみが、その理由さえ分からないのに伝わってくる気がした。けれど里久がクロシジミであることは変えられない。できることと言えば慰めに絵を描き、皿を作って小さな幸せを噛みしめるだけのことだ。

（それでもおれは、綾人さんさえいてくれたら、幸せだけど……）

　綾人は違うのかもしれないと、里久は心の片隅で感じた。漠然とした不安が胸にあったけれど、まだ十二歳の里久には、それがなにか分からなかった。

　その月、里久は綾人が選んでくれた王冠モチーフの皿を作って贈った。

綾人が高校の寮に入り、里久から離れてしまう、三ヶ月前のことだった。


三ヶ月後、綾人は高校の寮に入るため、有賀の屋敷を出ることになった。

里久は十三歳、綾人は十五歳の春のことだ。

別れを言いに来てくれた綾人に、里久は淋しかったけれど、きっとまたすぐ会えるはずだと信じて精一杯明るく振る舞った。

「お手紙書きますね。絵も描いて、いいのができたら送りますね」

綾人は返事を書くと約束してくれた。

しばらく冷え込みがきつかったので、里久はもう二週間も風邪をひいていた。話しながら時折咳き込むと、そのたび綾人はいつものように背をさすってくれた。

「もう、綾人さんに背中、さすってもらえないですね」

咳の合間に、ふと淋しくなって呟くと、顔をあげた綾人が意を決したように声を潜めた。

「……里久。内緒だぞ、絶対に言っちゃダメだ。ちょっとだけなら、一日あれば匂いが消える。お前はもともとクロオオアリに近い匂いだから、通常種の執事にはバレない……」

クロシジミはクロオオアリに擬態して育ててもらう種なので、もともとの体臭がとてもよく似ていて、王種くらいしか違いに気づかないのだとは、里久でも知っていた。

「キスやセックスをすると、お前には香りがうつる。俺はお前に、俺以外の匂いなんて……つけさせたくない」

綾人が眼を細め、どこか苦しそうに言っても、里久にはなんのこと分からなかった。けれどやがて綾人の体が近づいてきて、そっと唇を寄せられた。

それは里久にとって、初めてのキスだった。

綾人の体から漂う甘い香りに、頭がくらくらし、心臓の音が綾人に聞こえそうなほど大きくなった。やがて、綾人の熱い舌が里久の小さな歯をこじ開けて侵入してきた。甘酸《あまず》っぱい、とろりとしたなにかが口の中へ落ちてくる。女王の蟻酸を注射される時と同じものを感じて、里久はそれが蟻酸だと気がついた。

唇が離れると、風邪の症状がかなり和《やわ》らいでいた。里久から離れた綾人は、気まずそうに「ごめん」とうつむく。上擦り、どこか苦しそうな声だった。驚いた里久は言葉もなく、首を小さく振ることしかできない。綾人にキスをされたのだ。それがただの治療だったと分かっていてもドキドキして、けれどどうしてそうなるのかは、分からなかった。

「俺は本当は、王になんかなりたくないんだ」

綾人の言葉に、里久は眼を瞠った。綾人がここまではっきりと、「王になりたくない」と口にしたのは初めてだった。

「王になったら、お前とはいられない……俺は、里久が、好きなんだ」

――里久が好き。

呟くような声で、綾人は言った。好きだと、初めて言われたわけでもないのに、なぜだかそれがこれまで聞いてきたものよりも、ずっと重い意味の「好き」に感じられた。思考が止まり、固まっている里久に、綾人はまたごめん、と言う。

「困るよな、お前まだ、子どもなのに。言っても仕方がないこと、俺は……」

綾人は言葉を切り、「やっぱり忘れてくれ」と付け足した。そして苦い顔のまま突然立ち上がり、部屋から出ようとする。里久はなにか言わねばと思ったけれど、混乱してなにも出てこない。不意に、綾人がたまらなくなったように振り返った。

「お前が大きくなったら、もう一度言うから……言っても、いいか？」

緊張した面持《おもも》ちで訊ねてくる綾人に、里久は精一杯、頷いた。

やがて綾人が出て行くと、里久は体中、燃えるように熱くなるのを感じた。

（好きって……恋人とかへの、好き？　綾人さんが、おれを好き？）

キスをされたのだから、きっとそうだ。はっきりと意識すると恥ずかしくて、倒れてしまいそうなほどドキドキして、その日はまた風邪とは違う熱を出してしまった。

それが、綾人との最後の会話になろうとは、その時はまだ思いも寄らなかった。

翌日、綾人は高校の寮に入るため屋敷を出て行った。一人ぼっちになると、初めてのキスや告白にのぼせあがっていた里久も、その淋しさに落ち着きを取り戻した。そして約束どおり、すぐに手紙を書こうと思いたった。

　便せんを広げて綾人のことを思い浮かべた瞬間、里久は分かったのだった。

　自分も綾人が好きだということ。綾人にキスをしてもらえて、嬉しかったということが。

　手紙にその気持ちを書いてしまおうか迷い、けれど別れる間際に、いつかもう一度言うと約束してくれた綾人の言葉を思い出してやめた。

（……そうだ、もう一度会えたら、その時には、自分の気持ちを伝えよう）

　逸《はや》る心を抑えながら、里久は最初の手紙を書いた。

　けれど、綾人からの返事はなかった。何通も何通も出し続けたけれど、やはり返事はなかった。それどころか五月の初め、それまでに出した手紙がすべて、受取拒否で戻ってきた。連休や長期休暇になっても、綾人は里久に会いに来てくれなかった。

（どうして？　なにかあったのかな？）

　理由が分からないぶん、里久は不安だった。けれどあの綾人が自分に嘘をつくはずがない。なにか事情があるはず。信じて待とうと決めて、里久は届かない手紙を書き続けた。

　会えないまま一年あまりが過ぎ、綾人が高校二年生にあがったばかりのある春の日、里久は女王から、一通の手紙を渡された。

　それは初めての綾人からの返事だった。嬉しくて、水色の封筒を開ける手も震えたけれど、中を読んで、里久は愕然とした。

『さようなら。俺は王になる。だからお前には、もう二度と会わない』

流れるようなきれいな文字で書かれた、別れの言葉。

読んだ瞬間は、綾人の言葉をどう受け止めていいのか分からなかった。

呆然としていたら、女王に「もう、綾人に手紙を出してはなりません」と、命じられた。

「綾人は王になる身。逆らえば、一族を追放される。本人も分かっているわ。お前が綾人を好きでいると、綾人の決心が揺らぐ」

里久は返す言葉もなく、女王の言葉を聞いていた。

「綾人から、家族を、一族を、栄誉《えいよ》ある未来を、お前は奪《うば》いたいの？」

訊ねられて初めて、里久は綾人の背負っているものの重さを、自分は分かっていなかったのだと気がついた。里久一人のために綾人が一族を追放されるようなことになるなんて、そんな可能性を、それまでほとんど考えたことがなかった。

一族が末永く続いていくために、有賀の家にとって継嗣《けいし》問題はとても大きなことだ。綾人は次期女王と結婚する身。綾人が嫌だと言っても、一族が望んでいることに逆らえば、綾人は親や兄弟、親戚《しんせき》も、約束された未来も、すべてを失うことになる。

天涯孤独《てんがいこどく》で苦しんでいる自分が、その淋しさを綾人に与えるわけにはいかないのに、どうして今までそんなふうに思い至らなかったのか。それに、綾人が王になる決意をしたのなら、もう一度「好きだ」と言ってくれる、あの約束はなかったことになったのだろう。

「綾人のために、もう会ってはいけない。綾人はお前を憐れんでいるの」

女王に諭されて、里久はそうなのかもしれない、と思った。綾人は優しいから、里久がかわいそうで、「好き」と言ってくれたのかもしれない。

(おれ、なんてバカだったんだろ)

身分が違う綾人と恋人のようになれるはずなどなかったのに。今さら気づいた自分の鈍感さに呆れ、ショックを受けた。女王は、追い打ちをかけるように言い聞かせてきた。

「綾人が王になれれば、その時には、一度だけ会わせてあげます。だから私の言うことをよくきいて。お前がここで静かに生きていれば、綾人は幸せになれるのだから」

――女王様の言うとおりにすることが、綾人さんのため？

里久は、従順になるしかなかった。クロシジミである限り他に生きられる場所もない。綾人が王になると決めたなら、その気持ちを応援したいと思ったし、おとなしく有賀家にいれば、もう一度だけ綾人と会える。

綾人と一緒に生きていくことはできなくても、せめてもう一度会えたら、なにか一つくらい綾人の幸せの役に立てるかもしれない。もし少しでも恩返しできる日が来たら、もう他になにもいらない。

二年前の春、幼い恋が破れたあとで、里久はそう思うようになった。閉ざされたままの里久の世界にはまだ綾人しかおらず、綾人だけが、里久の生きる支えだった。

五

(綾人《あやと》さんは昔と、変わっちゃったのかな……)

星北学園に来て二日目の朝、里久《りく》は鬱々《うつうつ》とした気持ちだった。

過去の綾人の記憶と今の綾人がつながらない。好きな人に嫌われているかもしれない。その事を思うと、一晩中不安で寝付けず、眼の下にはうっすら隈《くま》ができていた。

屋敷の中に閉じ込められて暮らしていた間はあんなに着たかった高校の制服に着替えている間も、気持ちが弾まなかった。誰かに相談したくても、聞いてくれる人もいない。

(天ちゃん……会いたいな)

学園に入ることは急に決まったので、天野《あまの》にも伝えられていないままだ。

ため息をつきながら寮案内を見て、一階の共同食堂へ向かった。ついてみたら、そこは里久の想像をはるかに超えた世界だった。

二階まで吹き抜けになった大きなフロア。壁は硝子張りで、朝の爽やかな光がいっぱいに射し込んでいる。集まっている生徒たちは昨日見たとおり華やかな人ばかりで、中に入る勇気がなかなか出ず、入り口で右往左往《うおうさおう》してしまう。すると、周りから悪態《あくたい》が聞こえてきた。

「おい、例のロウクラスだ。昨日綾人さんが言ってたやつ」

「うわっ、チビ。あんなのが綾人さんのそばにいるの？」

あからさまな悪口に、里久は体を小さくする。大柄な男たちに睨《にら》まれて部屋に逃げ戻ろうとした時、腕を引かれた。振り向くと、そこには綾人が立っていた。

「おはよう、黒木《くろき》くん。迎えに行ったのに、部屋にいないから探したよ」

綾人は穏やかに笑っていた。けれど眼の奥はまるで笑っておらず、どこか怒っているように見える。そしてなぜだか、額《ひたい》には走ったあとのように汗が滲《にじ》んでいた。

「バカ、外では親切にしてやると言っただろう、食堂には俺がついていくから、勝手に一人になるな」

小声で叱られ、里久は「ご、ごめんなさい」と上擦った声で謝った。すぐに謝る自分が情けないが、大好きな綾人に嫌われてしまうのではないかと思うと萎縮《いしゅく》してしまう。

「あの……おれ、一人でも……大丈夫です」

きっと綾人は自分なんかと食事をしたくないだろう、と里久は思った。だから気を利かせて言ったつもりだったけれど、綾人は不愉快そうに眉を寄せた。

「大丈夫じゃない。お前、ここがどういうところかなにも分かってないな」

低い声でまた叱られ、里久は小さくなりながら、なんとか気持ちを伝えようとした。

「こ、ここが、ハイクラスの方たちの学校で……おれが場違いなのは、分かってるんです。なのに来て……ご、ごめんなさい。でもおれも頑張って、ご迷惑かけないように」

来たことを迷惑に思われているのは、うすうす感じている。治療以外で関わりたくないと思われているのも分かっているし、治療の為の性行為も耐えるつもりだ。ちゃんと考えているのに、上手く言葉にできず歯がゆい。頭上でため息が聞こえ「違う」と声がした。

「全然違う。そういうことじゃない。見ろ、ニヤけた顔でお前を見てる連中がいるだろ」

「……？」

里久は戸惑いながら、言われたほうに視線を向けた。するとたしかに数人固まった生徒たちが、ニヤニヤと里久を見ている。眼が合うと、一人が手を振ってくる。思わず振り返そうとした手を、綾人が素早く握りしめて下に下ろし、阻止《そし》してきた。

「バカ、無視してろ……っ」

押し殺した声が怖かったので、里久は「は、はい」と返事した。

「あいつらに関わるとすぐヤラれるぞ。無視してろ」

綾人の言う意味が分からず、小さな声で「やられるって……なにをですか？」と訊くと、綾人は腹が立ったように眉を寄せ、ため息をついた。

「お前みたいなトロいやつを、こんなところに送るなんてな……女王が信じられない」

刺々しい綾人の言葉には傷ついたが、そのとおりなので反論もできない。綾人はそんな里久の気も知らず「なるべく一人になるな」と続けた。

「寮の中でも、人の集まる場所には近づくな。食事は毎回、必ず俺ととれ」

「……でも、毎回なんて、綾人さんはご迷惑じゃ」

「そんな今さらなこと、謝るくらいなら、初めから来るな。……これだから、子どもは嫌なんだ」

子どもと言われ、自分でも劣等感を持っている部分なだけに、里久は胸を貫かれたように感じた。

（もう黙って、言うこと……きこう）

里久はしゅんとなって綾人とバイキングの列に並び、とりあえず朝食をとった。綾人が座るテーブルについていき、向かい合わせに腰を下ろすと、すぐあとから三人、他の生徒が座ってくる。いずれも黒眼黒髪の男たちだ。

「こんにちは。俺たち、みんな有賀《ありが》の分家の人間だから仲良くしようね」

「通常種だけど。よろしく」

にこやかに言われ、里久は緊張して頭を下げた。有賀一族にはたくさんの分家がある。彼らは綾人のような王種ではないらしく体格は少し小さいが、里久にとっては十分大きく、正直気後れした。

「俺は有塚《ありづか》っていうの。有賀本家の名字を冠する綾人さんと違って、傍《ぼう》系分家の格の低〜い血筋だけどねー」

取り巻きのうち、もっとも目立つ雰囲気の生徒が、身を乗り出して言う。垂れ眼で軽そうな顔立ちだった。とたん綾人が眉を寄せ、「黙ってろ、有塚」と低い声を出す。言われた有塚は、おかしげに肩を竦めている。

（この人と綾人さん、仲悪いのかな）

なんとなくそう見えたが訊くわけにもいかず、里久は食事を食べることに専念した。

朝食は豪華だった。バターが香ばしいオムレツ、新鮮なリーフサラダに、ほうれん草のポタージュ。デザートも、西洋梨のミニタルトと、朝から手が込んでいる。とはいえ、里久は少食なので、サラダもオムレツも、ちょっとずつもらった。

オムレツを口にすると、口の中で溶けるようにコクがある。けれど「美味しい！」と言える相手もいないので、心の中で思うだけだ。

（……有賀のお屋敷にいた時とおんなじだな）

ふと、里久は思う。周りにこんなに人がいて、なにより綾人がいるのに、里久はたった一人ぼっちで食べているような気持ちだった。以前の綾人となら、一緒に笑い合って食事をし、あれが美味しいこれが美味しいと言い合えたのに、今は会話一つ満足にできない。

「ね、それだけしか食べないの？　お口ちっさいもんねえ。アメイロアリちゃん」

一人黙って食べていると、有塚に話しかけられた。薄笑いを浮かべた有塚に、里久は居住まいが悪くなる。彼らは同じ一族だが、どうやら、里久がクロシジミだとは知らされていないらしい。顔をあげると、有塚以外の取り巻き二人も、じろじろと里久を見ている。

「ごちゃごちゃ話しかけるな。この子のことは見るのもやめろ」

するとと綾人が彼らに低い声で命じ、有塚以外の二人は慌てて里久から眼を逸らす。ただ有塚だけが、さっきからおかしそうにしている。

そのうちに「あのう、綾人さん……」と上擦った声がした。見ると、下級生らしき生徒が頬を赤らめて立っていた。眼を潤《うる》ませて綾人を見つめている姿がまるで恋い焦がれているようで、里久は不意に、鼓動《こどう》が早鳴るのを感じた。

「きみ、一年生？　綾人さんとお話したかったら、まず分家の俺を通してね。この人は有賀家次期王なんだから、そのへんのクロオオアリとは格が違うんだよ～」

ふざけているのか本気なのか、有塚が口を挟む。と、綾人がまた「有塚」と眉を寄せた。

「そんなことしなくていい。つまらないことを言うな。なに？　きみは三階の子だね」

有塚には厳しく言った綾人も、一年生のほうを向き直ると、急に優しくなった。穏やかな声と、温かな眼差し。緊張しているらしい一年生を、安心させるように微笑んでいる。

見ていた里久の胸には、鋭い痛みが走った。

三年前までは、自分もあんなふうに微笑んでもらえたのに。

悲しく、羨ましいような気持ちが湧きあがってくる。

「僕、生徒会に入りたいんです。前期会長の綾人さんに推薦状《すいせんじょう》、書いてほしくて……っ」

恋する少女のような顔で言う一年生に、綾人はにっこりと笑みを見せた。

「いいよ。それくらいのこと、なんでもない。近いうちに一度草案《そうあん》を書いて見せるよ」

一年生はありがとうございます、と顔を輝かせて去っていった。それがきっかけになったのか、綾人のところには、次々と寮生たちが押し寄せ、家のパーティに来てほしいとか、部活の練習試合を見に来てほしいとか、頼み事を持ちかけてくる。

朝食もとれないくらいひっきりなしなのに、綾人は嫌な顔一つせず、丁寧に応じていた。

「見て、あの王子様。嫌いな俺たちには冷たいのに、それ以外には優しいよね」

ふと有塚に小声で囁かれ、里久はドキリとした。眼だけで振り向くと、有塚はパチン、と片眼を閉じてみせ、なにくわぬ顔で食事に戻る。

――嫌いな俺たちには冷たいのに……。

有塚の言った言葉が、里久の頭の中で響いた。

不意に、そうか、と納得できた。綾人の本質は三年前からそれほど変わっていないのだ。

里久が知っている、以前の綾人も優しかったし、穏やかで親切で、里久には蕩けるほど甘やかだった。綾人はきらめいていて、まるで王子様のように見えた。そうして、里久や有塚以外の生徒たちに対する綾人の態度は、まさにその頃のままだ。穏やかで優しく、親切。制服もきれいに着ており、それが品よく似合っている。

（……そっか、おれに冷たいのは、おれのこと、嫌いだからなんだ）

里久はやっとそのことに気がつき、自分はなんて鈍いのだろうと呆れた。

いくら叶わない恋だと諦めてはいても、里久だって本当は綾人に好かれていたいし、会えたことを喜んでほしいと思っていた。手紙は返してもらえず、『もう会わない』と告げられていたから、以前のように好きだと言ってもらえるとは思わなかったが、嫌われているとまでは考えていなかった。そんな自分を、バカみたいだと思う。

（役に立てたらそれでいいって思ってるのに……落ち込むなんておれがおかしい）

けれどどうして嫌われてしまったのか分からないから、里久は沈む心をどうにもできない。有塚も嫌われているらしいが、その理由は、なんとなく綾人の態度から分かる。有塚が綾人をわざとらしく、特別な存在のように喧伝《けんでん》するのが嫌なのだろう。

（おれが嫌われてるのは、おれが子どもだからかな）

狭い世界に閉じこもって、なにも知らずに生きてきた自分を、綾人も最初は憐れんでくれていたのに、離れている三年のうちに、いつの間にか疎《うと》むようになったのかもしれない。

面倒くさい、うっとうしいと思っていたら、里久が来たものだから怒っているのかもしれない――。

もしかすると、グンタイアリ化することで多少荒っぽくなるのかもしれないが、そもそも、嫌いな相手でなければ、綾人がひどい態度をとるとは思えない。

考えはじめると、胸に重いものがつかえたように急に苦しくなり、里久は食欲を失った。指をあげているのも重くて、フォークを食器の上に置く。

「なあ、あんたが、女王の寄越した子？」

その時ふと鼻先へ、甘い香りが漂ってきた。それはよく知っているもの、女王や綾人とほとんど同じ親しんだ匂いだった。顔をあげると、綾人と同じくらい体格のいい見知らぬ男が、脇に立って里久を見下ろしていた。

長めの黒髪に、黒い瞳。少し軽そうに見える顔立ちで、制服は着崩しているが、綾人によく似ている。

「やー、有沢遙《ありさわはるか》」

と、有塚が声をあげ、その名前に里久は驚いた。有沢遙、というのは、たしか綾人と同じ有賀一族の王種の名前だ。家格は低いけれど、王になる資格はあるとも聞いている。

（……綾人さんの病気が世間にばれたら、この人が王様になるんだっけ）

思わずまじまじと見つめていると、遙が眼を細めて「この子が、例の子だろ」と、綾人を振り向く。とたん、綾人の眼の中に、遙を牽制《けんせい》するような鋭いものが映り、里久は緊張した。王種の遙には、自分がクロシジミだとバレるかもしれない。

「女王からの預かりものだ。変なことはするなよ」

「んなこと、するわけねえだろ。八つ当たりすんな」

綾人に言われ、遙がムッと眉を寄せる。そんな遙に、有塚が声をかける。

「一緒に食べたら？　遙」

「群れる趣味はねえよ」

ぶっきらぼうな言葉のわりにはあっさりした口調で、遙は別の席へ行ってしまう。

（……おれがクロシジミだって、バレなかったのかな？）

思っていたよりさっぱりした印象の遙に、里久は少し拍子抜けした。

「相変わらず、生意気なヤツだなあ。分家の中でも下位の下位のくせに」

「王種とはいえ、綾人さんのようなサラブレッドじゃないのにな」

遙がいなくなると、有塚が中心となって取り巻きたちが嘲笑《あざわら》う。なんだか嫌な雰囲気だ。

綾人も同じように遙を見下しているのだろうか。そうでなければいいと思い、怖々《こわごわ》と窺《うかが》い見ると、綾人のほうはなにを考えているのか不機嫌そうに押し黙っていた。

「遙とは特に、二人きりになるなよ」

その時綾人が、里久にだけ聞こえるよう、低い声で言ってきた。思わず眼を合わせると、予想外に真剣な綾人の眼差しにぶつかった。

「……どうして、ですか？」

「あいつと近づきたいのか？　……興味があるのか、遙に」

訊いたことに質問で返され、里久は戸惑う。近づきたい？　遙と？　そんなことは考えてもいないし、どうして綾人がそんなふうに訊くのか理解もできなかった。

困って言葉を探しているうちに、綾人はテーブルまでやって来た別の一年生に話しかけられ、にこやかに振り向いてしまった。もう里久のほうは見向きもしない。

（自分の気持ち、ちゃんと言葉にできないから、子どもだって思われるのかな……）

里久は綾人と話すことを諦め、残りのオムレツを口に入れた。冷えたオムレツは、もう、さっきほどは美味しくないように感じられた。

放課後、里久は寮に帰宅するため廊下を歩きながら、小さくため息をついていた。

この学園にやって来てから、はや六日が過ぎていた。治療のためのセックスは二日に一度、初日と変わらず行われていたが、相変わらず綾人との関係は膠着したままだ。綾人は里久と必要以上に話をしてくれず、里久もそれにどうしていいのか分からない。

（綾人さんがおれを嫌がってるなら、おれ、屋敷に戻ったほうがいいのかな？）

そんなことも思い悩んでいるが、つれない綾人が怖くて、訊くに訊けないでいる。

その日は一日の授業の疲れが出て、夕方から咳が止まらなくなった。勉強も、絵を描くのも日に一時間、と決められてきた里久にとって、数時間の授業は体に辛かった。

初日、綾人が義務感から教室に案内してくれ、それからも毎日、昼食に迎えに来てくれるために、クラス中から嫉妬《しっと》混じりの刺々しい視線を浴び、「ロウクラスのくせに、綾人さんに構われて、生意気」と言われ続けている気疲れもある。

本当に、天野が言っていたとおりだ。ハイクラスがロウクラスを好きになるなんてことはまずないのだ。世間知らずの自分を、里久はこの六日でつくづく思い知った。

中央校舎のホールまで来た里久は、そこでふと足を止めた。眼についた掲示板に、ちょうど、実力テストの席次表が貼り出されていて、すぐに綾人の名前を発見した。

「あっ……すごい。一番だ」

綾人は三年生の首席だった。得点は満点の五百点をとっている。よく見るとその下には前回の席次も書かれていて、それも首席となっていた。絵に描いたような優等生だ。

席次表の三位には、有沢遙という名前もある。今朝会ったばかりの、分家の王種。制服は着崩し、ちょっと不良ぽかったけれど、勉強はできるらしい。通常種の取り巻きたちは一人も入っていないから、王種というのはやはり格段に能力が高いのだろう。

(綾人さんて、すごい人ばっかりのこの学園でも、特にすごい人なのに……おれ、なにも知らないで好きだったんだな)

今さらのように思い、しゅんとしながら中央校舎を出る。

まだ日が落ちる前の校庭は、紅葉した銀杏に彩《いろど》られてきれいだった。しばらく行ったところで里久は立ち止まる。

マロニエの木立の向こうを、綾人が誰かと一緒に歩いて行くのが見えた。相手は細身で、モデルのようにきれいな生徒だ。二人並んでいると、恋人同士のように見える。綾人は穏やかな笑みを浮かべて、彼と話しながら校舎の陰《かげ》に消えていった。

道のそばに池があったので、なにげなく池の縁《ふち》に立つと、暗い池面には垢抜《あかぬ》けない、子どもっぽい十六歳が映っている。さっきのきれいな生徒とは雲泥《うんでい》の差だ。

小さな世界にいたから気にも留めていなかったけれど、自分の容姿《ようし》はずいぶん地味で、貧相《ひんそう》だ。昔、綾人が里久に好きだと言ってくれた時、その気持ちを信じられた自分が滑稽《こっけい》にさえ感じる。

今では綾人のように優れていて、誰からも求められるような人が、自分なんかを好きになるはずがないと分かる。

里久はなにも持っていない。

綾人を好きだということと、絵を描くこと以外、なにも。その、絵を描くことさえ、綾人からもらったものだ。里久を形作っているものは、綾人が好きだという気持ちしかない。

ついさっきまで、きれいな男子生徒に向けられていた綾人の笑顔が思い出される。あんなふうに笑いかけてほしいという気持ちが、里久の中に込み上げ、音もなく涙が浮かんだ。けれど泣いているのがそれこそ子どものように思えて、慌てて拭《ぬぐ》う。

（どうしておれ、クロシジミなんだろう……）

考えても仕方のないことだから、考えないようにしていた。けれどももし自分がきれいなハイクラス種だったら、綾人のそばにいても似合うだろうし、なにより自分の力で生きていけて、綾人から離れる必要もなかったのに、と思ってしまう。

暗い池の中に心ごと投げこまれたように、里久の心は打ち沈んでいく。

「里久？」

名前を呼ばれたのはその時だ。顔をあげると、そこには信じられない人が立っていた。

「天ちゃん……」

もう会えないかもしれないと諦めかけていた、里久のたった一人の友達、天野がいたのだ。天野は私服姿のラフな格好で、「お前、こんなとこでなにしてんの？」と近寄ってくる。

「天ちゃんこそ、どうして？」

「俺は、有賀家のバイトが早朝だけだから、昼バイトの面接でここの学園の清掃員受けにきたんだよ。……ていうかお前、なんで制服着てんの⁉」

驚いて眼を丸くする天野に、張り詰めていたものが緩んで、里久の目頭に一度拭った涙がまた、こらえようもなく浮かんできた。

「……天ちゃん、天ちゃん……っ」

気がついたら、里久は天野の胸にしがみつき、声を張り上げていた。

「なんだそれ！　俺が今すぐ、文句言ってきてやる！」

「や、やめて天ちゃん。絶対、誰にも言っちゃだめなことなんだ。天ちゃんに話したこと知られたら、天ちゃんも、きっと怒られると思う……」

天野はすっかりいきりたち、里久の言葉に「じゃあ我慢すんのかよっ？」と眉をつりあげた。

里久は天野と二人、校庭の隅のベンチに座っていた。女王の命令で綾人に抱かれることになったが、綾人に冷たくされていることを、里久はぽつぽつ、話したところだった。

「綾人さん、他の人には優しいんだ。おれのこと、子どもだから嫌いみたい……」

「そうだけど、そこがお前のいいとこでもあるわけだろ。ピュアっつうかさ」

天野が慰めてくれるのに、里久はそうなのかな、と思う。里久には自分の長所など、よく分からなかった。

「おれ、綾人さんのためには、来ないほうがよかったのかな？」

呟くと一瞬、天野が変な顔をして黙ってしまった。

「あのさ、基本的なこと訊くけど、愛もねーのにセックスするのはいいのかよ？」

言われて初めて、里久はそのことに思い至った。けれど綾人に抱かれること自体は、やはり嫌悪感を感じない。どうあっても、好きな人だ。好かれて抱いてもらえたほうがいいに決まっているが、綾人も我慢しているようだし、どうせ蟻酸をもらうために誰かに抱かれる決まりなら、最初だけでも綾人で幸せだったとも思う。

それより悲しいのは、綾人に嫌われていて、自分が綾人を怒らせているらしいことだった。そう話すと、天野はどこか憐《あわ》れむような眼で、じっと里久を見つめた。

「……お前って、かわいそうなのな」

ぽつりと、小さな声を地面に落とすように、天野が言った。

言ったあとで口を滑《すべ》らしたと思ったのか、ハッとしたように眼を大きくし、「気、悪くすんなよ」と付け加える。

「ただ……普通の人間は、べつに誰かの役に立ちたいなんて考えないで生きてるんだよ。役に立てなくたって生きてていいじゃねーか。そりゃお前は生まれが特殊だからさ、逃げろとは言えねーけど」

そこで天野は言葉を切り「ごめんな」と言う。里久は慌てて「ううん」と首を振った。

「俺、なんか聞いててもお前のこと、かわいそうだとしか思えない。なんでもっと、我が侭言わねえんだって思うし」

えらいとか、頑張れとか、思えねーよ、と天野が続け、ぎこちない沈黙が流れた。木立《こだち》の間から飛び立った小鳥が、二人の頭上を飛んで行く音がする。

「クロオアリに世話にならなきゃ生きてけないのは、お前のせいじゃねーし。……役に立てなくたって、生きてていいだろ」

うん、と里久は頷《うなず》いた。

「今は我慢して、ここにいなきゃいけなくても、次にパートナーになる相手は、お前を大事にしてくれるやつかもしれないだろ。そうしたら、有賀綾人のことなんか忘れろよ。お前はさ、世界が小さすぎるんだよ。有賀綾人よりいい男なんかいっぱいいる」

うん、とまた頷きながら、里久はずっと刺さったままの細い刃が、急に動いたように胸が痛むのを感じた。孤独な気持ちが体の中いっぱいに広がってくる。それは今になって新しく芽吹いた感情ではなく、いつだって里久の奥にある底のない淋しさだった。

——お前って、かわいそうなのな。

天野の言葉が耳に返る。

里久は生きている理由を、いつも見つけようとしている。そしてたった一つ、綾人が好きで、綾人の幸せの役に立ちたいということしか、見つけられないでいる。

天野が言うように、自分は世界が小さすぎるのだろう。けれどクロシジミとは、ムシである起源種からしてそういう種だ。絶滅危惧種になった理由は、クロオアリがいなければ育たないというのもあるが、生育環境が極端に限られているせいもある。

草原でもだめ、田畑でもだめ、山の中でもだめ。クロシジミが暮らせるのは森沿いの小さな草地だけであり、そんな場所はどんどんなくなっている。

――小さな世界から出られないから、滅んじゃう種なんだ……。

それがふっと、自分に重なる。

「もう有賀綾人なんか仕事だって割り切ってさ。やつの病気が治ったらお別れなんだろ、次の男はお前のこと好きになるって。お前、可愛いもん！」

けれど、わざと明るく言ってくれる天野に、里久も少し笑った。

「今は好きな絵でも描いて、あんまり思い詰めんな。な！」

その言葉に、まだ作りかけの天野へのクリスマスプレゼントのことを思い出す。そういえば綾人にも、コーヒーマグをあげていない。綾人を想って作ったものだ、渡したら、少しは喜んでもらえるかもしれない、と里久は思う。

好きなことを思い出せると、だんだん元気になってきて、里久は天野に「ありがと、天ちゃん」と微笑んだ。少し表情の明るくなった里久に、天野も微笑んでくれた。

「寮なら、公衆の電話くらいあるんだろ？　俺も電話するから、お前も携帯にかけてこいよ。いつでも話聞くし。こっそり、会いにも来るから」

天野の優しさが、里久には嬉しかった。いつしか日が傾き、西空が赤く燃え始めていた。

「そろそろ行くな」と立ち上がったあとで、天野が思い出したように里久を振り返る。

「あのさ、里久。相手の幸せより、自分のこと考えろ。想ってても仕方ないことってあるし――叶わない恋だって、あるんだよ」

それにも、うん、と頷こうとして、里久は頷けなかった。

胸に突き刺さる言葉だった。天野が心から里久を想って言ってくれていると分かるからこそ、よけいだった。

まだ心配している天野と別れて寮に戻る道すがら、里久は持っていた鞄の中から、スケッチブックを取り出す。学園に来てから四日間、一度も絵は描いていないが、癖のようについ、いつも持ち歩いていた。頁をめくると、いろいろな図柄が描いてある。

カナリヤ、カラス、ちょうちょ……柊《ひいらぎ》、街、月、それから……王冠。

全部、里久が好きなもの。綾人を想って、綾人のために描いたものばかりだった。

絵を見ていると、里久をいつも可愛いと言ってくれた、綾人の声が返ってくる。抱きしめてくれた腕や、背中をさすってくれた大きな手のことも。里久の世界のすべてだった綾人の記憶が、渦潮《うずしお》のように戻ってくる。

――想ってても、叶わない恋だってある。

（そうだよね。……そんなこと、分かってたつもりだったのにな）

だからもう一度会えたら、ちゃんと諦めようと、片想いはそれまでだと、何度も自分に言い訳をしてきたのに。

「ちゃんと諦めなきゃな」

里久はスケッチブックを閉じ、小さな声で、自分に向かって呟く。ずっと願っていたとおり、もう一度会うことはできた。役立ちたいと思っても、できないなら仕方がない。

見上げると、西空は薔薇色《ばらいろ》に染まり、東の空は薄暗い夜の闇に塗《ぬ》られている。

自分の心の中から綾人を消してしまったら、あとはなにが残るのだろう。

なにもなくなって、自分さえ消えてしまいそうな気がして怖くなり、里久はしばらくの間、押し迫《せま》る夕闇を見つめて立ち尽くしていた。

六

綾人《あやと》への片想いをどうやって終わらせればいいのか。

それればかり考え、深く落ち込みながら寮に戻ってきた里久《りく》は、ぼんやりしていつの間にか自分の部屋を通り過ぎていることに気がついた。

（ここ五階だ。三階に戻らなきゃ……）

階段も二階分多くあがっていた自分に呆れつつ、人気《ひとけ》のない廊下《ろうか》を曲がろうとして、里久は足を止めた。ふと耳に、綾人の話し声が聞こえた気がしたのだ。

陰からこっそり見ると、曲がった先の廊下に綾人が立っており、誰かと話している様子だった。取り巻きか、綾人に憧れている寮生の誰かか、と思ったがそうではない。相手が有沢遙《ありさわはるか》だったので、里久は驚いてしまった。

よく見ると、綾人は自分の部屋の前にいて、ちょうど今帰ってきたばかりの様子だった。難しい顔をしており、どこか不機嫌そうだ。それに比べて遙はリラックスした様子で、着崩した制服のポケットに手を突っ込んだ姿勢で、なにか言っている。

「そんなにぴりぴりしてたら、丸分かりだぞ。あのアメイロアリって子、さっさと屋敷に戻したほうがいいんじゃねえの」

遙から聞こえてきた言葉に、里久は息を詰めた。それはたぶん、自分のことだろう。聞いた綾人は、遙の話に顔をしかめている。

「こっちだって、来てほしかったわけじゃない。帰せるものなら帰してるさ」

来てほしかったわけじゃない、という綾人の言葉に、里久は心臓を鷲《わし》づかみにされたように感じた。やっぱり綾人は、自分に会いたくなかったのだと思い知る。分かっていたことでも、いざはっきりと本人の口から聞くと、ショックだった。

「そのわりに手は出してんだろ？　女王は、たぶんお前が我慢できないと知ってたんだぜ。どうせなら食うだけ食ってやれって思ったんじゃないのかよ」

そう言った遙を綾人が睨み、呻《うめ》くように「そうじゃない」と付け足した。

「そんなんじゃない……あれには蟻酸がいるんだ。じゃなきゃ、誰が、こんなふうに手を出したいと思うんだ。胸くそが悪い」

里久は持っていた鞄を取り落とさないよう、胸に強く抱きしめた。ドキドキと早鳴る鼓動の音が聞こえた。綾人の声音は、まるで里久を抱いていることを憎んでいるようだ。それがショックで、どうして遙がそのことを知っているのかと考える余裕もない。心臓が貫かれたように痛み、その場に座り込みたくなるのを抑えなければならなかった。

「しかし女王もすごいな。切り札をお前に預けて、お前を縛《しば》り付けるんだから」

やがて話を切り替えるように、遙が肩を竦めた。

「……従わなければ、分家のやつらを焚《た》きつけると脅《おど》された。ロウクラス一人、傷つけても構わないんだろ。家に戻せば蟻酸を一切与えないそうだ」

なんの話なのか、悔しげに吐き出す綾人に、遙が「ま、もとはお前が追い詰めたせいだろ」と呆れた声を出す。

「分家の間で妙な噂が流れてるぞ。廃嫡《はいちゃく》だのお前の血筋だの。有塚《ありづか》のバカあたりがごそごそ動いてんの、知ってんだろ？　それで女王が最後のカードを切ってきたんだ」

綾人はなにも言わず、ただ不愉快そうに遙を睨んでいるだけだった。

「いつぞやみたいに、一緒に逃げたほうが分《ぶ》がいいんじゃないか？」

「そんなことできるか。もう十六の子どもじゃない。第一……里久は俺を選んでない。本当は二年前もそうだった」

自分の名前が綾人の口から出て、里久は身を固くした。綾人はなにか苦いことを思い出したように、舌を打った。

「じゃあ、俺があの子の次の相手になってやろうか？　有塚たちよりは安心だろ」

からかうように言う遙を、綾人はじろりと睨《ね》めつけている。

「今はまだそんな時期じゃない。近づきたいなら、俺が王になってからにしろ」

遙に言い捨てて、綾人は部屋に入っていった。けれど扉が閉まっても、里久の頭の中には今聞いた言葉がぐるぐると回っていた。

（女王様が綾人さんを脅したって……どういうこと？　それに二年前ってなんのこと？）

分からない。遙と綾人が親しげに口をきいていたのにも驚いたが、それ以上に里久にショックを与えているのは、綾人が里久を疎んでいる言葉の数々だった。

その時遙がこちらのほうへ歩いてくる気配がしたので、里久は咄嗟に踵《きびす》を返し、反対側の階段から階下へと下りていた。どうしてか今立ち聞きしたことを知られてはならないような、そんな気がしたのだ。


急に走った里久はすぐに息が切れ、情けないことに足も疲れてきた。

聞いた話が辛かったせいもあり、部屋に戻る前に通りかかった談話室のソファを見つけると、里久は崩れるように腰を下ろした。

寮の談話室は廊下の途中に作られたオープンな空間で、ソファやテレビ、観葉植物などが置かれた広い空間だ。先客は他に三名ほどいて、ソファの一隅に固まり、なにやら談笑してゲラゲラと笑っている。制服を着崩した派手な生徒たちだったが、もとから鈍い性格の里久は落ち込んでいて気づかなかった。

（綾人さんはおれのせいで、女王様になにか脅されてる……？）

ついさっき立ち聞きしたことから、里久はなんとなくそう感じ取った。それを綾人に確認したほうがいいのだろうか。けれど立ち聞きしたと知られれば、もっと嫌われるかもしれない。そう思うと、綾人が遙に言っていた、里久に来てほしくなかったという一言が思い出されて、さらに気持ちが沈んでいく。

「ロウクラスちゃんじゃん、わーお、やっと一人のところ見つけられたー」

その時、ふと視界に影が差し、里久は顔をあげた。見ると、さっきまで雑誌を見て笑っていた三人組に、いつの間にか取り囲まれていた。大きな体で小馬鹿にするような薄笑いを浮かべている男たちに、それまで気づいていなかった里久は恐怖を覚えた。それでも一応、「こんにちは」と小さな声で挨拶する。

「こんにちは、だって。かーわいい。怯《おび》えてる？　大丈夫、怖いことしないからさあ」

髪を脱色している生徒が、里久の隣にどさっと腰を下ろしてきた。とたん、煙草の煙《けむ》たい香りが鼻先にムッと漂い、里久は体を縮ませた。不良、などというものを見たことがない里久には、それだけで恐ろしい。

「俺らねえ、ロウクラスの子、好きなのよ。小さいからお尻の締まりがいいでしょ？」

「は、はあ……」

と、一応返事はしたものの、なんのことなのかは分からない。

「お口も小さいからいいよなー、フェラさせたら入りきらなくて泣いちゃう子とか最高」

もう一人が空《あ》いていた脇に座り、二人に囲まれて里久の心臓が嫌な音をたてる。

「どうなの、ロウクラスちゃんは、王子様にフェラとかしてあげてんの？」

王子様、というのは綾人のことだろうか。フェラという単語が分からず、里久は戸惑う。

「ふぇ、ふぇらって……？　フェラポントフ修道院のことじゃ、ないですよね？」

無理やり知っている単語と結びつけると、男たちにゲラゲラと笑い声をたてられた。

「なに？　カマトトぶってんの？」

「いやいや、マジで手ェ出されてねんだ。王子様の匂いしないもんね」

「そのくせあの王子様、あんた来てから、俺らのこと睨む眼が、怖い怖い」

里久はようやく、彼らが綾人から「近づくな」と言われていた生徒たちだと思い出す。

綾人に知られたら、きっとものすごく怒られる。逃げなきゃ、と里久は慌てた。

「あ、あの、お話ししてくれてありがとうございました。でも、おれ、行かないと……」

立ち上がろうとしたら、一人に腕を摑まれ力任せに引き留められた。

「まあまあ、いいじゃん。うわ、細っ、この分じゃ、お尻の穴も相当……ね？」

不意に太ももに手を乗せられ、べったりとさすられる。里久は気持ち悪くなり、吐き気がした。今さらのように三人の眼の中にある、妙な熱に気づく。

（もしかして、い、いやらしいこと、されるの……？）

その時、太ももに乗った男の手が里久の性器のほうへと這い上がってきた。

「……や、ちょっと、や、やめてください！」

思わず叫んだ瞬間だった。

「おい、なにしてる！」

廊下の向こうから大声が聞こえ、見ると、眉をつりあげた綾人が、怒ったように大股でやって来るところだった。とたん里久の胸の中には、昔からの癖で安堵が広がる。

「げっ、王子様だ」

「やばい、行こうぜ。相手はクロオオアリの王種だ、殺されるぞ」

三人は突然正気に返り、泡を食ったように立ち上がる。けれど彼らが走り去るより先に、綾人が一人の髪を摑んで引き留めた。

「この子に手を出すなと言っただろうが！」

怒鳴りつけられた三人は腰を屈め、ぺこぺこと頭を下げ始めた。綾人のほうが彼らより体格もよく、大きいからだろうか。三人は愛想笑いしながら、「ちょっとからかっただけですよお」「勘弁してください」と言い、綾人に許されると走って逃げていった。里久の足はがくがくしていたけれど、綾人と二人になると体からホッと緊張が抜けていくのを感じた。

「あ、綾人さん……、あ、ありが……」

「このバカ、俺の話を聞いてなかったのか!?」

里久の言葉を遮り、綾人が怒鳴った。それから取り乱した様子で肩を掴み、ぐらぐらと揺さぶってくる。

「だから一人になるなと言っただろう!」

大きな声で叱る綾人の眼は必死で、真剣だった。

「薄暗いところや、人が集まって喋ってるような場所には俺とじゃなければ行くな! 食堂、談話室、図書室もそうだ。寮に戻ってきたら、すぐ部屋に入って俺が迎えに行くまで出るな。誰か来てもドアも開けるな、ああいうバカどもが、うようよいるんだ!」

綾人の剣幕に、里久はなぜだか恐さよりもむしろ驚きを感じていた。里久を見つめる綾人が、本当にただ心配してくれているように見えるせいかもしれない。その顔には、いつもの拒絶は見当たらない。

「どこか触られたか? なにされた」

「太ももをちょっと……でも、それだけで」

「太ももぉ?」

綾人はイライラと声を荒げた。里久の太ももを見下ろすと、チッと舌打ちし、「くそどもめ……」と言葉も汚く悪態をついている。

「あの……心配……してくれてるんですか……?」

そんなこと、あるはずがない。

あるはずがないのに、そうかもしれないと思うと、心臓が痛むように絞られて、里久はドキドキした。頬が熱くなり、眼が潤むのが自分でも分かった。

上目遣いで綾人を見上げると、綾人は表情をなくして固まっていた。けれどすぐに、眉を寄せてそっぽを向く。なにか気まずいことを隠すように「心配なんかしていない。面倒ごとを増やされたくないだけで……」と吐き出す。けれど、その声はどこかいじけているようにも聞こえた。

どうしてか不意に、里久はここに来た最初の夜、セックスの最中に里久が泣くと、綾人が「怖くない」と慰めてくれたことを思い出した。度重なる冷たい言葉にすっかり忘れていたが、あの時の綾人は優しかった。

(綾人さんの中に、まだ、昔の綾人さんが少しだけ、残ってるのかな?)

期待してはいけないと思うし、もう諦めようと思っている。それなのに里久は、綾人のブレザーの袖口《そでぐち》を、しがみつくようにきゅ、と摑んでいた。

とたん、こんな大胆なことをしている自分にびっくりして、頬に熱がのぼる。ハッとしたように振り返ってきた綾人の、その端整な顔をじっと見つめ返すと、言えない気持ちが胸の中いっぱいに溢れてきた。

――綾人さん。三年前のこと、覚えてる？　おれのこと、好きだって言ってくれましたよね……。

訊きたい。そう訊きたい。今でもほんの少しくらい、想ってくれているのか、再会できたことを心からとは言わなくても、ちょっとは喜んでくれているのか。

「やめろ、そんな眼で見るな」

けれど綾人は小さく呟くと、里久の手を振り払い、眼を逸らしてしまう。それでもそれは冷たい感じではなく、里久の心臓は痛いほど鳴っている。想いが募って胸がつまり、視界が潤んで揺れた。

けれどなにか言う前に、里久はコンッと咳をしていた。立て続けに咳き込むと、綾人が「もう、咳が出るのか？」と、訊いてきた。

「……昨日、蟻酸を入れたばかりなのに。もしかして、ストレスか？」

小さな声。けれど、冷たくはなかった。見上げると綾人の眉間《みけん》からは皺《しわ》がとれ、かわりに戸惑ったような、困ったような表情が浮かんでいた。そっと里久の背中に触れ、さすってくれた。それは三年前、里久が咳き込むたびに労《いたわ》ってくれた綾人の触り方とまったく同じだった。同じ手だった。

心の奥でずっと張り詰めていたものが一息に緩められた気がして、里久は目尻に涙が浮かぶのを感じた。けれど泣いているのを見られたら、また子どもだと思われそうで恥ずかしい。涙を隠すようにうつむく。

(やっぱりおれ、綾人さんが好きなんだ……)

その気持ちは、滲むように自然と、胸の中に溢れてくる。

諦めようと思いながら往生際《おうじょうぎわ》が悪いけれど、あと少しだけ、せめてこの学園にいる間だけでいいから、綾人を想っていたいと、すがるように感じる。

「どこか痛いか?」

うつむいたままの里久に、綾人がごく小さな声で訊いてくれた。本当は訊きたくないのに、つい訊いてしまったような口調だ。里久は首を横に振り、ようやく涙が引いたので、そっと顔をあげた。

「マグカップがあるんです」

小さな声で、勇気を振り絞って言ってみた。背をさすってくれていた手を止め、綾人が不審そうに眉を寄せる。

「綾人さんに作ったマグカップを、持ってきたんです。……もらって、くれませんか?」

要らないと言われたらどうしよう。そう思うと、怖くて声が震えた。拒まれれば心臓が破けてしまいそうだった。綾人はなにを思っているのか、しばらくの間黙り込んで、里久を見つめていた。その瞳にほんの一瞬、切なげな色が映り、消えていく。

「……もらうだけなら、べつに」

素っ気なく、けれどどこか気まずげに言われた答えに、里久は胸が震えるくらい嬉しくなった。たとえ憐《あわ》れみでも、仕方なくでも、綾人は要らないとは言わなかった。

気がつくと満面の笑みになり、里久は「ありがとうございます」と言っていた。こんなふうに心からの笑顔になるのも、この学園に来て初めてのことだ。綾人には笑顔を向けただけで眼を逸らされたが、それも気にならないくらい、里久は嬉しかった。

「じゃあ明日、包んでから渡しますね。明日は綾人さん、おれの部屋に来る日だし……」

頬を染めて言うと、綾人はそっぽを向いたまま「ああ」と呟く。それだけの返事でも、里久には十分だ。綾人を想って作ったものを、綾人のそばに置いてもらえる。

里久自身が綾人と結ばれることはないけれど、里久のカップは綾人と一緒にいられる。

「もう行くぞ。部屋の前まで送るから……夕飯まではおとなしくしてろ」

バツが悪そうに綾人が言い、里久は部屋まで送ってもらった。一人になっても、里久は幸せな気持ちだった。明日あげるためにカップを取り出し、ひとしきり、綾人が心配してくれ、優しくしてくれたことを思い出して嬉しさに浸った。

ふとカップを渡す時、ついさっき立ち聞きしてしまった話を、綾人に訊いてみようか、と思う。もし綾人の気持ちが女王の命令とは違っていたのなら、どうすることが、綾人にとって一番なのか、分かるかもしれない。

そうと決めると、口下手な里久は緊張してきた。けれど怖じ気を振り切り、勇気を奮い起こした。

ついさっき里久の背を撫でてくれた、綾人の大きな手を思い出すと、それだけで、今ならなんでもできる気がした。


翌日、里久は朝からずっと緊張しドキドキしていた。

今夜部屋を訪れる綾人に、カップをあげよう。そして同時に、ちゃんと話をしたい。その計画で頭がいっぱいだった。

放課後は購買部に寄って、女王からもらっているわずかな小遣《こづか》いから、カップを包むためのきれいな包装紙を買った。大きさが合うか見ようと、わざわざ鞄にカップを忍ばせてもきた。寮に戻ると早く包みたくて、急いで部屋に向かった。けれど廊下を曲がった時、里久は眼の前から突然現れた人にぶつかり、その場に転んでしまった。

「ああ、悪い。大丈夫か？」

尻餅《しりもち》をついた里久は、頭上からの声に顔をあげて驚く。そこにいたのは有沢遙だった。

「あ、わ、ご、ごめんなさい……っ」

慌てて立ち上がる前に、鞄の中身が散らばっていることに気がつき、里久は青ざめた。けれど心配したカップが無事だったので、ホッとする。その時、

「これ、あんたが描いたの？　……皿？　こっちはカップ？　へー、面白いな」

と、遙に言われ、里久はぎょっとなった。遙は廊下に落ちたらしい里久のスケッチブックを拾い、中を見ている。綾人と天野以外の誰かに絵を見られたことがなかったので、里久は恥ずかしくて、顔から火を噴きそうになった。とはいえ、体格が違いすぎる遙の手からスケッチブックを取り戻すこともできない。立ち上がったものの、

（ど、どうしよう。返してくださいって言ったら怒るかな）

一人でまたおろおろしてしまう。すると遙が話を続けた。

「南欧《なんおう》の陶器みてえ。知ってる？　グラナダ焼きとか、南ヨーロッパの陶器」

「……あ、し、知ってます。好きなんです、南ヨーロッパの陶器」

意外にも遙の態度が気さくで、そのうえ陶芸用語が出てきたので、里久は眼を丸くした。

「だろうなー、独学？　でも写実も上手いじゃん。こっちは北欧風？　ハーパニエミ好きなの？　上絵付《うわえづ》けだけ？　焼成《しょうせい》もすんの？」

里久の図案を見て、遙は次々訊ねてくる。陶器のやや専門的な話を誰かとするのは初めてで、里久は嬉しくなり、何度も頷いていた。

「は、はい。焼成の機械は持ってないから、大型のオーブンで焼いたり」

言うと、遙のほうも驚いたように「まじで？」と声を大きくした。

「独学でそこまでできるもんなんだ。俺、絵を見るの好きだけど、あんた才能あるよ」

褒められたら、やはり素直に嬉しい。淡々とした口調なのに、遙の言葉は嘘を言ってい

るようではなく、黒い眼も、どこか温かく感じられてくる。

（この人、いい人みたい……綾人さんとも、ほんとは親しいみたいだったし）

単純かもしれないけれど、里久はついそう思ってしまう。実際昨日二人きりで話していた様子を見た限り、綾人は取り巻きの三人よりも遙とのほうがよほど仲が良いように見えたし、遙は綾人のことを、よく知っているようだった。どうして普段一緒にいないのか、少し不思議なくらいだ。

「あ、こういうの、昔、綾人の部屋で見たなー」

言われて見ると、遙は王冠をモチーフにした図案を指していた。

「……綾人さんの部屋で？　あの、綾人さん、これ、持ってたんですか？」

思わず、里久は声を上擦らせた。緊張で、胸がぎゅうっと痛くなる。以前、たしかに同じモチーフの皿をあげたので、もし今でも持っていてくれるなら嬉しい、と思った。ただ、遙から返ってきた答えは「二年近く前だけどな」というもので、がっかりする。

（でも、やっぱりこの人と綾人さん、部屋の行き来をするくらい仲良しなんだ）

口に小さな手をあてて考え込んでいると、遙が「あんた、仕草とか言い方とか全体的にちまちまして可愛いのな」と言ってきた。それがあまりに突然で、里久は眼をしばたたく。

「ちっこい人形みてえ。庇護《ひご》欲《よく》そそりそうなとこが、いかにも綾人の好みって感じ」

「え？」

遙はなにを言っているのだろう。里久はびっくりし、赤くなって、首を横に振った。綾人には嫌われているのだから、自分が綾人の好みのはずがない。大体、可愛くもない。

「……あの、綾人さんのこと、有沢さんはよく知ってるんですか？」

「二年前までは、結構つるんでたからさ」

あっさりと答えられ、里久はふと、遙なら綾人が女王となにか衝突《しょうとつ》していることや、綾人の本心を知っているのだ、と思い出した。

「あの……有沢さん、綾人さんがどうしておれを嫌ってるか、知ってますか？」

遙が思ったよりずっと気さくだったせいもあり、里久は思いきって訊いていた。

「嫌ってる？　綾人があんたを？」

すると遙はなぜだか眼を見開き、それから「うーん」とうなる。

「嫌ってるっていうより、二年前のことが納得いってないんじゃねえ？　あいつあの夜、ずぶ濡れで寮に帰ってきて、死んだような顔してたしさ。でも、あんたも命令きいただけだろ。あいつも仕方ないって分かってるよ。冷たいのは八つ当たり」

肩を竦め、遙が「まあ二年前のことは、無謀《むぼう》だったと思うからさ」と付け足す。

「再会してから、そのこと一度も話し合ってないんだろ？　ちゃんと話してみたら？　あんたは実際、どっちなの。やっぱり綾人のことは男として見てなかったってこと？」

「……？　すみません、よく分からないです……。二年前って？」

話の先が見えず、里久は不安な気持ちで遙を見つめた。二年前とはちょうど、綾人が王になることを決めた、という時期でもある。その時綾人になにかあったのだろうか？

里久の反応を見た遙のほうも、不審げに眉を寄せた。

「もしかしてあんたにとっては、それほど大事件でもなかったの？　じゃあ食い違ってても仕方ないから、ここから先は綾人と話したほうがいいぞ」

里久は困惑してしまった。二年前に自分が綾人にしたことといえば、女王に言われて手紙を出すのをやめたことくらいだ。あとはいつもどおり、里久はただ有賀の家の中で、変わらない毎日を過ごしていた。

「なあ、それよりそのカップ、あんたが作ったんだ。俺にもこの絵で作ってよ」

遙は話を変え、里久が腕に抱いているマグカップを見て頼んできた。示されたのは朝焼けの町並みを描いた頁だ。さっきまでの話の続きが気になっていたが、自分の作ったものを欲しいと言われれば悪い気はしなくて、つい、里久もスケッチブックを覗いた。

「これは写真を見て描いたんです。……カップでいいですか？」

「作ってくれんの？」

「今度、粘土を買ってもらって、それからでよかったら……」

相談するうちに絵を挟んで自然と体が寄り添い合っていたけれど、里久は無意識だった。その時すぐ後ろから「おい。お前たち」と剣呑な声が聞こえてきた。見ると、たった今寮に帰って来たらしい綾人がいて、里久と遙を睨みつけていた。

「……どういうつもりだ？」

「どうって。俺にもマグカップ作ってくれるって言うから」

遙が答えたとたん、綾人の眼の中に金色の光が走り、里久は焦った。こんな場所で綾人がグンタイアリ化するのではと不安になる。

「あ、綾人さん、本当なんです。あの、有沢さんが絵を褒めてくれたから、お話ししてて」

とにかく綾人の怒りを鎮めねばと慌てて、里久は綾人の腕に手をかけた。

「話？　こいつとなんの話がある」

鋭い綾人の言葉に、里久は恐怖で体を竦めた。すると遙が呆れたように肩を竦めた。

「怒るなよ。怖がってるだろ。話ってのはお前のことだよ。その子、たぶんいろいろ分かってないぞ。もっと優しくしてやれよ」

「この子のことは、お前から言われることじゃない！」

大声でがなったあと、綾人が里久の腕を摑んだ。

「来い」

見送る遙が綾人の背に、「ちゃんと話し合えよ」と言ったけれど、綾人は聞いていないようだった。

それから、里久が連れ込まれたのは、綾人の部屋だった。

「遙と俺の話をしてたって？　言いたいことがあるなら、俺に直接言えばいいだろう！」

力任せにベッドへ座らされたとたん、眼前に立った綾人に大きな声を出され、里久はいつものように体を縮めてしまった。どうしていつもいつも、結局綾人を怒らせてしまうのだろう。なんとか綾人の怒りを解きたくて、里久は言葉を探す。

「ち、違うんです。ただ絵を褒めてくれて……カップがほしいって。綾人さんの話は、そんなにしてなくて」

「絵を褒めてくれた程度のことで、誰にでも心を開けるのか、お前は」

せせら嗤うように言われ、里久は混乱した。なにを怒られているのか、よく分からない。

思い当たるのは綾人の言いつけを守らず、遙と話していたことだけだ。

「あ、有沢さんと勝手に話してすみません。お二人とも、仲良しみたいだったから……」

「仲良し？　どうしたらそう見えるんだ」

冷たく言う綾人に、里久は息を呑み、意を決して告白した。

「あの……おれ、昨日、見たんです。綾人さんが有沢さんと話してるとこ」

言っている間にも緊張で声が震えたけれど、里久は勇気を振り絞った。どちらにしろ、訊ねようと思っていたことだ。持っているカップとスケッチブックを、ぎゅっと抱きしめて、恐さを抑え込む。

「二年前……綾人さんは、王様になるってお手紙をくださいましたよね？　おれはだから、そのために自分が役立てたらいいと思ってた。でも……綾人さんを見てると、王様になりたくないみたい。おれ、どうしたらいいか分からなくて……」

里久の言葉に、綾人が眉をひそめる。けれど里久は必死になって続けた。

「おれ、綾人さんの役に立ちたいんです。どうしたらいいですか？」

綾人は黙っている。里久はじっと、すがるように綾人を見つめていた。なんでもいいから、答えがほしかった。

「それを訊いて俺がなにか答えたら、お前はそのとおりにするのか？」

「します。お屋敷に帰れって言うなら、そうします」

やっと綾人の本音に近づける気がして、思わず身を乗り出して言うと、綾人は小さく口の端で嗤った。

「今さら俺の言うとおりにするくらいなら、どうして二年前女王の命令に従ったんだ？」

言い終えるのと同時に眉を寄せた綾人の顔が不意に泣き出しそうに見え、里久は言葉を失ってしまった。理由は分からない。けれど役に立ちたいという、なんでもするという自分の言葉が、綾人を傷つけたのではと感じた。

「……俺は何度も言った。王になんかなりたくない。でもお前はそれでいいと思ったんだろう。だからあの時、あの春の日……」

　そこまで言って、綾人は一瞬思い出した痛みを呑み込むように口をつぐむ。それから小さな声で「結局、お前は俺のことを男としては、必要としてなかった」と、付け足した。

「二年前に、もう手紙を、書かなくなったこと、ですか？　それは女王様に、王になれなかったら、綾人さんはなにもかも失うって言われたから……」

「もういい。そんな言い訳を聞かされても、今さらなにも変えられない」

　顔を背け、小さく呟く綾人の眼には、暗い影が映っている。綾人がなにに傷ついているかが見えず、けれど自分のせいかもしれないと思うと焦って「あの」と里久は顔をあげた。

「そんなに、王様になりたくないなら……おれを抱いたって、女王様に嘘をつきます……？　おれ、黙ってます。病気が治らなかったら、王様にならないですむし」

　治療しても病が治らなければ、それは命令違反ではないから、一族を追放されはしないはず。里久なりに一生懸命考えて言ったけれど、綾人は嘲笑うだけだった。

「あの女をそのくらいで騙《だま》せると思うか？　すぐ次の手を打たれる。第一、俺とセックスしないで、お前は誰から蟻酸をもらうんだ？　死ぬ気なのか」

　そこまで考えていなかった里久は声を失い、うつむく。

「あの……じゃあ、誰かにお願いしてみます。有沢さんとか」

　必死で考えて言ったとたんだった。綾人が信じられないものを見るように眼を見開き、里久を見下ろす。

「俺にそれを言うのか？　他の男に抱かれてもいいと」

その声は震えている。綾人は冷笑を浮かべるのに失敗したように、頬を引きつらせた。

刹那、その眼の中に金色の炎が瞬《また》き、里久はハッとして身構える。

「よく分かった。お前は誰でもいいんだな。絵を褒められれば、遙でも！」

怒鳴り声が部屋中にとどろき、綾人の髪が金色に変わる。里久は怖くなり、焦って首を横に振った。違う。そうじゃない。

「だ、誰でもいいとかじゃないです。絵を褒められて嬉しいのも、絵は綾人さんからもらったものだから……」

「俺があげたから嬉しい？　そんなきれいごとを並べても、お前は俺を裏切っただろう！今だって、お前は遙が相手でもいいと言ったんだ！」

そんなつもりではない。里久はうろたえる。そして今になって、綾人は怒っている時に、怒っているから、グンタイアリの姿に変わるのだと気がついた。不意に里久の手からマグカップを奪った綾人が、それを壁に向かって投げつける。

「こんなもの、誰がほしいと言ったんだ！」

カップは壁にぶつかって床に落ち、大きな音をたてて二つに割れた。里久は固まり、言葉もなく壊れたカップを見つめていた。

「誰にでもやれるものだろ。……遙にも」

綾人は里久とカップから眼を背《そむ》け、吐き出すように言う。

眼の前が真っ暗になったようだった。ショックで体が震え、この場に倒れて死んでしまいたいような気持ちになった。ぎこちない沈黙のあと、里久は無意識に「昔……」と呟く。

「綾人さん……おれに絵を描いたらって……言ってくれたでしょ？」

目頭《めがしら》に熱いものがこみあげてきたけれど、泣かないように下を向く。

「おれは……自分でもできることがあるって思えた。綾人さんはおれのお皿、褒めてくれた」

綾人は顔を背けて、里久を見ないようにしている。ただ小さく舌を打ち、

「違う、俺は、ただお前がみじめったらしいから、褒めてやろうと思っただけだ。他になんの取り柄もないから、絵でも皿でも描けと言っただけだ」

そう言い、たまらなくなったように「くそ」と呻いて、足を踏み鳴らした。その大きな音に里久は怯えた。睫毛の上にかかっていた涙が、こらえきれずに頬に落ちる。

綾人はそんな里久の様子には気づかず、「俺は脅されてる」と吐き出した。

「お前の命を楯《たて》にとられてるんだ。屋敷に戻せば、お前は蟻酸を与えてもらえない。お前を殺したくなければ抱いて、王になれと言われた。親切なお前は、他の男に渡してくれればいいと言うけどな」

いかにも、クロシジミらしい、と綾人は小さく嗤った。

「クロオアリなら誰でもいいんだろ。とりわけ王種なら、俺でも遙でも同じか」

吐き捨てる声に、里久はおずおずと顔をあげた。

「……おれが来なかったら、綾人さんは王様にならないですんだってこと……？　じゃあ、おれが女王様の命令に従わないほうが、綾人さんにはよかったんですね……？」

震える声で訊くと「女王の命令に、お前が逆らえるわけないだろう」と返ってくる。

「お前がクロシジミで、俺はクロオアリの王種で……それは変えられない」

だから仕方ないのだと、綾人は小さく呟いた。

仕方がない。子どもの頃からなにも変わっていない。自分は有賀の家の手の内でもがいているだけだ、と綾人は独り言のように続けた。

「そんなに俺の役に立ちたいなら、俺の前から消えてくれ。そうすれば、俺だって苦しまずにすむ……」

――消えてくれ。

それは本当に小さな、呻くような声だったけれど、里久には聞こえてしまった。里久はじっと綾人を見つめた。張り詰めていた心のどこかがパリンと音をたてて割れたような、そんな気がした。床に落ちたマグカップと同じ。里久の心も綾人に割られたように。

「もういい。今日はこのまま抱く」

自分でもやり場のない怒りを鎮《しず》めたいようにため息をつき、綾人は里久の腕を摑んだ。ベッドに組み敷かれても、里久はもう抵抗しなかった。家のために苦しんでいる綾人。苦しめているのは里久も同じだと分かったら、胸が詰まり、体中から力がぬけて、涙が滝のように眼から溢れてきた。

「ごめんなさい……」

気がつくと、喘ぐように謝っていた。深い絶望が胸に押し寄せてくる。里久は今になって理解した。女王は綾人を王にするため、里久をこの学園へ寄越し、綾人は里久の命を助けるために、里久を抱いてくれている。そうやって自分も、綾人をがんじがらめにしている。里久が綾人のためにできることは、消える以外、なにもないのだ。

「泣くな……俺に同情させるな。……頼むから」

ため息混じりの辛そうな声に、里久はこくこくと頷き、言葉を飲み込んだ。泣いても困らせるだけだと、嗚咽《おえつ》をこらえる。

——俺はこの家が、大嫌いだ。

いつだったか言っていた綾人の言葉を思い出す。その嫌いな『家』に里久も今は含まれている。そんな気がした。

（おれがクロシジミなのが、いけなかったんだ……）

けれど、学園から逃げ出し、多くのクロシジミがそうしたように有賀の庇護を離れ、どこかで死にますとは言えない。死ぬのはやはり怖かった。

綾人はなにも言わず、里久の着ているものを脱がしていく。里久はぎゅっと眼をつむり、余計な手間をかけさせないようにした。

やがて「すぐすむから」と小さく声が聞こえる。どこか悲しそうな声だ。

その響きが辛くて、里久の目尻から、涙が落ちる。もとが優しい人だから、綾人も苦しんでいるのだろうか。言いたくてひどいことを言ったわけではないのかもしれない。けれど同時に、そんな綾人があれだけきついことを言ってしまうほど、自分は綾人を苦しめてもいるのだろうと感じた。

うつぶせにされ、尻だけ高くあげられると、後孔に綾人の杭《くい》があてがわれた。何度か先走りを塗られたあと、中に指が入ってくる。

「あ……っ、ん、う」

なるべく声を出さないように、枕を抱きしめて里久は耐えた。

先走りの精には蟻酸が含まれている。数回指で擦られると後ろが緩み、やがて綾人はゆっくり、性器を入れてきた。

綾人が腰を揺らすたび、三年前までの温かな記憶が、里久の中で壊れていく気がした。きらきらと輝いていたはずの思い出。里久を、今日まで生かしてくれた思い出だ。

それでも綾人の精が里久の中を濡らし始めると、後孔は窄まり、もっと綾人をほしがるようにいやらしく動く。心の伴《ともな》わない空しい行為なのに、それとは裏腹に抗《あらが》いがたい、甘いものが体に満ちてくる。いつしか痛みは薄れ、快感だけに体が支配される。

（や、やだ……）

里久はぎゅっと眼を閉じ、感じないようにしようとした。愛されてもいないのに、感じているのを見られるのが辛い。けれど綾人の精が中で放たれるのと同時に、里久はこらえきれず声をあげていた。

「あ……ん、う、う」

小ぶりの尻がひくひくと震え、甘酸っぱい快感に、里久の前がきつく張り詰めた。

そして――自分でも理解できない妙な感覚に襲われる。

（なに、なにこれ……）

それは乳首からのぼってきた。触れられてもいない里久の乳首は硬く尖って、疼くように痛んでいた。脱がされていないままのシャツに擦《こす》れるたび、ジンとした熱が全身を駆ける。こんなことはもちろん初めてで、里久は怖くて泣けてきた。

けれど綾人には気づかれたくない。必死で隠していたのに、後ろが勝手に締まると、里久は震えながらしゃくりあげていた。

「……どうした？」

とうとう綾人が気づき、後ろから訊かれてしまう。里久は慌てて首を横に振った。涙がぼろぼろとこぼれ、枕に吸い込まれていく。

「痛かったのか？　……どうした」

綾人はもう一度訊いてくる。その声には苛立《いらだ》ちより焦《あせ》りが滲《にじ》んでいる。

「……どこか、痛むのか？」

「な、なんでも……な、ん……っ」

ちょっとでも体を動かすと、中に入れられたままの綾人の性器に後孔が擦れ、里久の背にはびりびりと悦楽が走り、全身が震える。乳首はますます尖って痛み、里久はついに泣きながら「む、胸……」と白状した。

「胸……乳首が、痛くて。うずうずして……ちぎれそう、で」

言ってしまった。恥ずかしさとみじめさに、顔が真っ赤になるのが分かる。ああそう、それがどうした、とはねつけられてしまえば、もっと悲しくなるだけなのに。

「あの、平気です。ごめんなさい」

急いで付け加えたけれど、綾人から伝わってきたのは、息を呑むような気配だった。

「それはたぶん……甘露が溜《た》まったんだ。俺が搾《しぼ》らないから……大丈夫だ、おいで」

思うより、ずっと優しい声だった。動けないでいると、綾人がなかば困ったように里久の体を抱き寄せて、シャツの上から乳首をまさぐってきた。

胸の肉を柔らかく揉まれ、長い指に乳首をつままれる。そのまま絞《しぼ》られた瞬間、甘酸っぱいものがぞくっと体の中を走った。

「あ……んっ」

たまらず、里久は喘いでいた。シャツ越しに刺激された乳首から甘いものが溢れて、腰が動く。再び絞られると、今度は全身に、鋭いほどの快感が走った。不意に乳首から、なにかの液体が溢れてくる感じがあった。

「……あ、なに、これ……っ」

驚いて声をあげた里久に、「甘露だ」と綾人が言った。

「クロオオアリの精を入れられたクロシジミは、この蜜を出す。お前の中にもにじんでる」

「あ、ん……っ」

中に入れられた性器をぐいっと動かされ、里久は甘えた声をあげてしまう。

「俺はお前に入れることで、性器から甘露を吸収する。それで病気が治まる……でも、本来はここから舐《な》めるものだ。これが一番濃い」

乳首をぴんと弾かれて、里久はたまらず仰《の》け反《ぞ》った。浅い息をしながら胸元を見下ろすと、乳首のところだけシャツが湿って肌にへばりつき、乳頭のピンクが透けていた。シャツを脱がされたら、露わになった乳首からはぷっくりと透明な液体がこぼれ落ちていった。

「これ……か、甘露？」

初めて見るものの淫靡さに戸惑う里久に、綾人が「そうだ」と頷いた。

「この蜜で、クロシジミはクロオオアリを酔わして、守らせる。一種の麻薬だ。……だから俺は、舐めないんだ。……お前にこれ以上、酔わされたくない」

乳首からは疼《うず》くようだった痛みが消え、かわりに甘い悦楽が後孔の奥へと広がっていく。指で弾かれるたび、乳首から甘露がこぼれ、里久は感じすぎて、苦しくなった。

「あ、あ……あ、綾人さ……あん、あ、ごめ、なさ……声、出ちゃう」

いつの間にか、里久の中に入れられたままの綾人のものが硬さを取り戻している。声を抑えようと無意識に自分の手を噛むと、綾人が眉をしかめた。「やめろ」と言って、里久の口から手をはずしてしまう。声を聞くのは、嫌ではないのか――。綾人は里久の中へ深く腰を突き入れ、乳首をひねりながら、握った里久の手の甲へ、そっと舌を這わせてきた。噛んで傷ついていた里久の手が、綾人の唾液に含まれる蟻酸に癒されて、きれいになる。

「あ……っ、あ、あ、ん……！」

蕩けるような悦びに貫かれ、ふくれあがった里久の性器が弾けた。同時に綾人の精もまた、里久の中へ勢いよく注がれる。

激しい快感の中、里久は崩れ落ちた。震える太ももの間から、綾人の精が漏れてくる。

綾人の髪と眼は、また、黒に戻っている――。

「くそ」

また、綾人の悔しげな声がした。里久はふと、綾人が後悔しているのは、結局里久に優しくしてしまったことではないのかと、思う。

　里久の中から出て行くと、綾人はしばらく困ったように里久を見下ろしていたが、やがてバスタオルを横に置いてくれた。それからその上に、匂い消しの薬を乗せる。

「薬を飲め。体を洗いたいなら、バスルームは使っていい。……夕飯は一緒にとるから、またあとで来る」

　さっきまで優しかった綾人だが、今はもうそっぽを向いて、これ以上里久と話すのも嫌なように、部屋を出て行ってしまった。

　取り残された里久はのろのろと起き上がり、匂い消しの薬を飲んだ。喉《のど》に力が入らなくて、飲み込むのに時間がかかる。

（綾人さんは根が優しいから……おれが泣くと、ひどくしきれないんだ）

　なんだか、そんな気がする。

　ふと見ると足元にスケッチブックが転げ落ち、端が折れ曲がっていた。ついさっき割られたカップも視界に映る。昨日はもらってくれると言っていたのに、やっぱり綾人にとって、里久の作ったものなど大した価値はなかったのだ。どうしてなのか、急に自分の作ったものが、とても色あせたつまらないもののように思えてきた。里久の絵を見ても、綾人はもう、優しい気持ちになれないのだろう。最初から同情で褒めてくれていただけのようだし。

それにずっと気づかなかった自分は、本当におめでたい人間だったのだと、今さらのように思う。

消えてくれ、という声が頭の奥にこだますと、体中から生きる張り合いのようなものが失われていく。頭の中が空っぽになったように、今はもうなにも考えられなかった。

七

「アメイロアリちゃん、最近ちっとも食べてないね～？　なにかあったの？」

　その日隣に座っていた有塚《ありづか》に言われて、里久《りく》はハッと我に返った。ちょうど寮の食堂で夕飯をとっているところで、里久はあまり喉を通らず、黙り込んで食べていた。そんな里久を綾人《あやと》が時々ちらちらと見ていたけれど、それにも気づけないほどぼんやりとしていた。

　十二月も中旬を過ぎ、里久がこの学園に来てから、二週間以上が過ぎていた。後付けで受けた形だけの編入試験も終え、里久の毎日は今、淡々と過ぎている。

　朝起きて、綾人と朝食をとり、午前の授業を受けて、昼食も綾人ととる。寮に戻ったら二日に一度綾人に抱かれ、匂い消しの薬を飲んでから風呂に入り、遅めの夕食。そうして、ただ眠る——。

　食事は有塚たち取り巻きが一緒のこともあったし、綾人と二人きりの時もある。けれどどちらでも、里久にとっては同じだった。この頃なにを食べても味がせず、食欲がない。

　今日は取り巻きたちも同じ食卓に座っていたが、里久の皿からは一向に食事が減っていなかった。

「な、なんにもないんです」

ぼんやりして食べるのも忘れていた里久は、そう言って慌てて肉を口に突っ込んだ。

自分の様子がおかしいことを知られれば、綾人に迷惑がかかるかもしれないと思う。

けれどあまりに急いだせいか喉に詰まらせ、里久はゲホゲホと咽《む》せてしまう。有塚が「大丈夫？」と眼を丸くし、すると向かいに座っていた綾人が席を立つ気配があった。

「急いで食べるからだ」

呆れたような声がするのと同時に、里久の小さな背中を、大きな手が、とんとん、と叩いてくれる。優しい手つき。乱暴ではない、懐かしい、綾人の手だった。

けれどそれは人前だからだろう。

里久はもう、自分を愛してくれた綾人はおらず、今の綾人にそれを求めるのは我《わ》が儘《まま》だと納得したつもりだ。だから優しく触れられると、思い出を揺り起こされそうで困る。

「あ、ありがとうございます。大丈夫……」

里久は口を押さえ、綾人から逃げようと体をずらした。綾人はムッとしたように眉を寄せたけれど、ようやく手を離してくれた。

「……水を持ってくるから。ゆっくり食べろ」

小さな声で言い、綾人がテーブルから離れると、隣の有塚が小さく笑う。

「王子様は甲斐甲斐《かいがい》しいことで。ねえ、クロシジミちゃん」

クロシジミ。耳に飛び込んできた単語に、ハッと眼を瞠り、顔をあげる。けれど綾人が戻ってきて里久の前に水を置いてくれた時には、有塚はもうべつの取り巻きたちと雑談していて、今里久に言ったことも、なかったかのような様子だった。

（クロシジミって聞こえたのは、聞き間違い？）

とは思ったものの、なぜか里久は不安な気持ちを消せなかった。


翌日の放課後、里久は一人校庭にある池端《いけはた》で、ベンチに座っていた。

（有賀《ありが》の家から逃げて、どこかで死んでも平気だって……思えたらいいのかな）

里久はこの頃、毎日のようにそんなことを考え、思い詰めていた。

綾人の望みは、自分が姿を消すことだ。それを叶える以外できることがないのに、死ぬのは恐ろしく、今の状態を続けてしまう。

（おれ、嘘つきだな。綾人さんの役に立ちたいなんて、ほんと、きれいごとだ）

今日は寒いので、里久はマフラーをぐるぐる巻きにし、学校指定のコートも着ていた。

風は冷たかったけれど、空は晴れて明るい。

池端に並んだ銀杏の木は紅葉して金色になり、その葉が、冴《さ》えるほど赤くなったドウダンツツジの茂みの上に落ちて、夕焼けの湖に浮かぶ星のようにきれいだ。道も、銀杏の葉で金色に染まっている。

里久は膝の上に、スケッチブックの新しいページを開いていた。久しぶりに絵を描いてみようと思い立ち、色鉛筆も持ってきた。けれどそんな努力も空しく、里久はさっきから、なにも描けないでいる。

いつになれば綾人の病気は治るのだろう――。こんな生活を続けることが辛くて、迷惑がられるのを承知で女王に電話も入れてみた。するとかわりに応対してくれた執事から、三ヶ月は我慢しなさいと言われてしまった。

『以前、王種にグンタイアリ化の症状が出た時は、三ヶ月、クロシジミと交渉することで早期に治りました。ちょうど、綾人様のご卒業までと考えてください』

執事の話では、グンタイアリ化の初期症状は、腹を立てた場合にだけ金色の髪と眼に変化するとのことだったが、放っておけばそれが定着し、やがて黒く戻らなくなるという。クロシジミの甘露を摂取し続ければ、クロオオアリの血のほうが強く引き出され、グンタイアリの容姿になることはなくなっていく。ホルモン活動の活発な十代後半から二十代前半において起きる病気で、早期の治療が重要だとも聞いた。

『女王の決めたことです。クロシジミのあなたをここまで有賀家が育ててきたのも、こうした時のためでもある。里久様、あなたは恵まれているのですよ』

いつものように諭《さと》されたら、分かりました、と言うしかなかった。

里久はため息をついて、朱色の色鉛筆を持った。紅葉したドウダンツツジを描いてみようとして、けれどいたずらにページに赤い色を塗っただけで、描く気を失った。

「どうした、描かないのか？」

後ろから声がして、振り向くと遙《はるか》が立っていた。寒くないのか、マフラーさえ巻かない軽装のまま、里久の手元を覗き込み、やがてベンチを回って隣に腰を下ろしてきた。

「有沢《ありさわ》さん……どうしたんですか？」

訊くと、「遙でいいよ」と、言われた。

「クロオオアリの一族って、分家でも同じ名字のやつ何人もいんの。有沢って格下の家だけど、親戚いれるとすげー数だから、名前で呼ばれないと落ち着かない」

そうまで言われると納得もして、里久は「じゃあ、遙さん。どうしたんですか？」と、訊ね直した。

「そこ通ったらあんたが見えたから。なに描いてんだろと思って見に来た」

里久は答えに詰まった。スケッチブックに視線を落とす。有賀の屋敷にいた頃は、一時間では足りないくらい、夢中で絵を描いてすごしていたのに……。

「……見てても、なにも描けないかも。おれ、もうなにも浮かばないんです」

白状するように言う。そんな自分を認めるのが苦しくて、声が震えた。描くことは、長い間里久にとって自分にできるただ一つのことだった。今はそれをなくしている。

うつむいていると、「今までどうやって、描きたいもの浮かべてたんだ?」と訊かれる。

「……それは、好きなもののことを考えてたら、勝手にイメージが湧いて」

「じゃあ、先にこれについて描くって決めてみれば? 好きな友達はいないの?」

「友達……」

里久の脳裏《のうり》には、すぐに天野《あまの》のことが浮かんだ。そういえば学園のアルバイトの面接には受かったのだろうか。結果はそろそろ出る頃だろう。どちらにしろ合否が分かったら、里久の寮まで電話を入れてくれると約束していた。

「天ちゃんっていうテントウムシの友達がいて。クリスマスに、湯飲み茶碗みたいなカップをあげる約束をしてて……十人兄弟だから、十個。そういえばまだ作りかけでした」

「へえ。どんなの?」

身を乗り出してきた遙に、里久はカップのことを思い出してみた。

「カップはぐるっと見たら、お話になるようにしようと思って……七歳の小夜《さよ》ちゃんはおしゃれが好きみたいだから、可愛いドレスをお店で見つけて、自分で縫ったり、秀《しゅう》君は食いしん坊だから、家くらい大きいドーナツを食べたりするんです」

「そのストーリーはあんたが考えたの? 可愛いなあ」

聞いた遙が本当におかしそうに、くすくすと笑った。そんな顔をされると、沈んでいた里久も少し、口元が緩む。遙は話しやすい人だな、と改めて感じる。里久がロウクラスだからと態度を変えてくるわけでもない公平さが気持ち良い。

「あれからちょっと気にしてたんだ。こないだ綾人、キレてたろ。それからあんた見てると元気ないし。よけいややこしくなっちゃった？」

と、遙に訊かれて里久は淡い笑みを消す。

「……怒られちゃいました。役になんか立てないって。いるだけで迷惑みたいで……」

ぽつんと呟くと、「まあ、あいつも女王の言いなりになるしかないからさ」と遙が肩を竦める。どこまで綾人のことを知っているのだろうと、里久は問うように遙を見つめた。

「遙さんは綾人さんと親しそうなのに……どうして普段一緒にいないんです？」

訊くと、遙が「面倒だから」と即答する。

「あいつの周り、取り巻きがいるだろ。あいつらが嫌いなんだよ。バカどもは次期王に媚《こ》びてるだけで、綾人も腹の底じゃ信頼してない。俺が次期王になるかもしれないって噂が流れてるから、時々、綾人のいないところでこっちにもお愛想振りまいてくるしな」

里久は思わず、息を詰めた。

「は、遙さんが王さまになるかもって噂が……あるんですか？」

「あんたがクロシジミだってことなら、俺は知ってるけど」

言われたことに、里久はびっくりして一気に青ざめた。けれど遙は「そりゃ想像つくだろ」と冷静だった。

「この時期に、ごり押しの編入。しかも女王自《みず》らコネを使ってだ。分家の間じゃ結構前から、綾人にグンタイアリの血が出てるんじゃないかって、噂もあるしな」

里久は遙の言葉を疑った。まさか。それだけは知られてはいけないことのはず。知られれば綾人は王になれず、一族を追放される。女王に言われた言葉が耳の奥にこだまし、里久は胸の下で、心臓がドクドクと激しく鳴り始めるのを感じた。

「大丈夫だって。一族内の不祥事ならいくらでも揉《も》み消してきた家だ。どこの分家も傷があるから、そうそう本家を裏切れない。噂程度じゃ綾人の継承権は剝奪《はくだつ》されないよ」

「そ、そうなんですか？」

「七百年、一族で固まってきた家だぜ。どっかの分家が犯罪者出したら、本家が金と権力で潰してきてるんだ。綾人がこの学園の生徒の眼の前でグンタイアリになるとか、画像撮られてネットに流されるとか、そういうことでもない限り、追い落とされねえよ」

予想外のことを聞いて、里久は小さな体を硬直させた。有賀の家が縛りの多い、とてつもなく大きな家であることは知っていたが、そこまでとは思っていなかった。

「は、遙さんは、王様になりたいですか？」

思い切って訊ねると「どっちでもいい」という気の抜けた答えが返ってくる。

「綾人がなるのはかわいそうだなーとは思うよ。前からなりたがってなかったし。それはたった一人のためなんだけどさ」

　と言って、遥はちらりと里久を見てくる。

「ま、でも、女王が許さないから。あんたは知らないかもしれないけど、一族で預かってるクロシジミって、基本的には十六になるまで女王と王しか会えないことになってるんだぜ。クロシジミの甘露ってのは、クロオオアリには麻薬みたいなもんだからな」

　遥に説明され、知らされていなかった里久は戸惑う。

「王種なら理性を保てるけど通常種は無理だ。だから十六で、クロシジミにパートナーを見つけるまではお披露目《ひろめ》しない。けどあんたは最初から綾人と会ってたろ？」

「あ……はい。施設に、綾人さんと女王が一緒に迎えにきてくれたんです」

「それだけ、女王は綾人に期待してるってこと。実はここ三代くらい本家筋から王種が生まれなくて、分家から婿をとってる。女王本人も、格下の家と本家の間の子で、血統としちゃ歴代女王からは下がるって言われてるから、次の婿には絶対綾人がいいんだろ」

　そんな事情があったことも、里久は知らなかった。いつも冷たいくらいに見える女王の中に、そういう劣等感や意地のような感情があったとも思っていなかった。

（……綾人さんが背負ってるのは、そういう家なんだ）

　有賀の家。常に表情を変えない女王。なにを言っても、決まりだからという一言で片付ける執事——ちょっと前まで暮らしていた屋敷での生活を、ふと、思い出す。

小さな子どもの頃から、有賀家の決まりという名の圧力を感じてきた。巨大な一族が七百年も続くには、そうした圧力が必要なのかもしれない。有賀家では女王が法律であり、その女王は古くからの「決まり」に倣《なら》っている。決まりからはみ出せば追放される。

「やっぱりおれ、子どもの時に、死んでたほうがよかったのかな」

気がつくと、里久は小さな声でそんなことを口走っていた。問いかけというわけではなく、独り言のような気持ちだった。

九歳で有賀家に引き取られるより先に死んでいたら。施設のベッドの中で、ひっそりと消えていたなら、綾人は今頃自由だったかもしれないと、詮《せん》ない考えが浮かんだのだ。

「なんでそんなこと言うんだよ？」

ぎょっとしたような遙に、ようやく自分がなにを口にしたか思い出し、里久は我に返った。慌ててぎこちない笑みを作り、「なんでもないんです」と言う。

変なことを言った自覚はあったし、あまりに卑屈《ひくつ》な言葉すぎて、自分でも恥ずかしいと思った。遙は黙っていたけれど、やがて里久の背中をぽん、と叩いてくれた。

「なあ、元気出せよ。二年前のことも、あんたには悪気がなかったこと、綾人も本当は分かってる。あの春の日に二人で逃げたって……きっと同じ結果だったさ」

それだけ言うと遙は「またな」と立ち上がった。

（……二年前の、春の日？　二人で逃げるって？）

言われた言葉が引っかかり、里久は眼をしばたたいた。けれど遙はもう既にかなり向こうまで行ってしまっていたので、それがなんのことなのか、訊く機会を逸《いっ》してしまった。


遙と別れたあと風が冷たくなってきたので、里久は寮まで戻ることにした。校舎の中を通り階段の脇を過ぎた時、ふと聞き覚えのある声が階上から聞こえてきて立ち止まる。

「綾人さん、あのアメイロアリと付き合ってるって噂があるの、知ってる？」

男にしては高い、甘えたような声に、「またその話か？」苦笑まじりに答えている穏やかな声は、綾人の声だ。ちらりと上を窺うと、一段上の踊り場で以前も見たきれいな容姿の生徒が綾人の腕に寄り添っているのが見えて、里久は胸が苦しくなるのを覚えた。

「黒木《くろき》里久のことなら、彼から俺の匂いがしないんだから、付き合ってなんかないのはすぐ分かるだろ？」

「今は匂い消しの薬だってあるじゃない」

疑わしそうに、試すように言う生徒に、綾人が「まさか」と笑った。

「あれは強いホルモン操作薬だぞ。あんなロウクラスの小さな子に、何度も使わない」

「ふうん、優しいんだね。ますます怪しい。最近、寮に飛んで帰ってるんでしょ？」

「その話はそろそろやめてくれると助かるな――あの子には、この学園に来られて、俺も迷惑してるんだから」

　階上に二人があがっていき、声が遠ざかる。里久も鉛《なまり》のように重たくなる心を引きずって、のろのろと歩く。けれど不意に、歩けなくなった。

（やっぱりおれ、ここから出て行ったほうがいいんだ）

　クロシジミなんて、もともと絶滅するべき種なのだろう――。

　人気のない校舎のどこかからか、生徒たちの笑い声が聞こえ、グラウンドからは運動部の練習する音や、吹奏楽部《すいそうがくぶ》の管楽器の音がする。賑やかなこの世界から、自分だけが切り離されているように、里久は感じた。

「アメイロアリちゃん。こんなとこに一人でどうしたの――？」

　不意に後ろから声をかけられ、里久は振り向いた。すると綾人の取り巻きの一人、有塚が、いつもどおりの軽い調子で「よ」と手を挙《あ》げてくる。

「……あ、こんにちは。寮に戻るところなんです」

　小さな頭を下げながら、里久はしどろもどろに応じた。

「なんか最近、痩《や》せたよね。大丈夫？」

　苦手な有塚から逃げるように立ち去りかけていた里久は、肩に手を置かれて引き留められる。有塚は垂れ眼を細め、嫌な薄笑いを浮かべて腰を屈めてきた。

「本当は綾人さんにいじめられたんでしょ？　あの人、ベッドの上では、意地悪なの？」

里久は息を詰めた。どうして里久が綾人と寝ていることを知っているのだろう。

「分家の間じゃ結構有名だよ。綾人が一時期惚れ込んでた、クロシジミがいるって話」

また有塚の口からクロシジミという単語を聞き、里久は眼を瞠《みは》ってしまった。眼の前で嗤っている有塚に、不意に恐怖を感じた。

「うちの実家といくつかの分家はね、遙を王に推したいらしいんだよね。だから俺、証拠を見つけてくるよう言われてんの。綾人が――グンタイアリ化してるっていう、証拠」

口角を持ち上げて笑うその口の奥から、きゅるきゅるきゅる……と、細い音がした。見ると有塚の牙が、急激に鋭く、長くなっていく。里久は眼を疑った。

牙の先端からは黄ばんだ液体が垂れている。瞬間、乱暴に腕を引かれる。

「……やめっ」

やめて、と最後まで言う前に首筋に痛みが走り、里久は悲鳴をあげた。有塚に、嚙みつかれていたのだ。鋭い牙が肉に差し込まれ、あっと思った時には、焼けつくようななにかが血管の中を駆け巡っていた。力が抜け、視界がくらくらと回った。

（なに、これ……）

蟻酸ではない。もっと強い、もっと、恐ろしいもの。

きっと毒だ。そう思った時には、里久はもう、意識を手放していた――。

眼を覚ますと、里久は古ぼけた教室の、マットレスの上に仰向けに寝転がされていた。普段使われていない部屋らしく、あたりは埃《ほこり》っぽく、窓にはカーテンが下りていて薄暗い。片隅でスタンドが点いており、その青白い光が室内をぼんやり照らしている。

「眼が覚めた？」

横から有塚の声がして、里久は背筋が凍えるような恐怖を感じた。なにをされるのかは分からなかったけれど、とにかく、とても嫌な状況だということは分かる。咄嗟に逃げようとしたのに、体が思うように動かない。まるで神経が麻痺《まひ》したように、頭以外ほとんど動かせなかった。

「かなり強めの神経毒を入れちゃったから、すぐには動けないと思うよ。知ってた？　アリ種はハチ種と同種だから、毒も使えるんだよ、クロシジミちゃん」

耳を澄《す》ましてみたけれど、物音はしない。どうやらこの教室の周りに、人気はないようだ。叫んでも、誰も助けてくれそうにない。

「……あの、なにをするつもりですか？」

ようやく出た声はかすれ、弱々しかった。喉からも力が抜け、ろれつが回らない。鈍く痛む頭で、倒れる前に聞いた言葉を思い出す。有塚は、綾人がグンタイアリである証拠を見つけるよう実家に命じられている、と話していなかっただろうか？

「お、おれを人質にとって……それで、綾人さんがグ、グンタイアリになる証拠を、って思ってるなら、む、無駄ですよ、だって、そんなのただの噂だもの……」

怖くて仕方ないけれど、これ以上ないくらい思考を巡らせて、必死になって言った。

たしか、遙も言っていた。証拠がなければ、綾人が王位を剝奪されることはないのだ。王になりたいわけではない綾人のために、なぜ自分がこれほど必死になっているかもよく分からなかったけれど、有塚に出し抜かれたら綾人は女王に追放されるかもしれない。なんとかして白《しら》を切り通さねば、と里久は考えた。

「うーん……まあべつに……俺はどっちでもいいんだけどね。綾人が王になっても、遙が王になっても。俺自身のメリットはなにもないし？」

けれど有塚は肩を竦めてニヤついているだけで、里久の言葉に取り合わなかった。

「それにしても、クロシジミって本当、地味なんだねえ」

眼を細めた有塚が、里久の頰を長い指でゆっくりとなぞる。綾人ほどではなくとも、彼もハイクラス。顔立ちは整っているし、容姿は十分すぎるほどなのに、そうされただけで気持ち悪くて、鳥肌がたった。

「かわいそうな種だよね。狭い場所で地味〜に生きててね？　自分がどれだけ小さな世界にいるか知りもしないで、慎《つつ》ましすぎて絶滅しようとしてる」

不意にコートの釦をはずされ、シャツの上から胸を撫でられて、里久は息を止めた。冷たい手の感触にゾッとなり、吐き気がした。

「でもこの可愛い乳首からは、甘露が出せるんでしょ？」

シャツ越しに乳首をきゅ、とつままれた瞬間、里久の頬に、カッと熱がのぼってくる。恥ずかしさと戸惑い、吐き気と恐怖が一気に駆け巡っていく。

「……ね、知ってた？　自然界じゃ、自分たちの子どもそっちのけで、クロシジミの子どもばっかり世話するアリもいるんだよ。甘露を舐めたくってさ……」

小さく、有塚が嗤う。

「証拠摑むのなんてさ、実はすぐできちゃうんだよね。可愛いクロシジミに気を取られて、綾人は隙だらけ。ね、クロシジミちゃんが甘露舐めさせてくれるっていうなら、俺、実家には、綾人はグンタイアリ化してないって、報告してあげるよ？」

有塚は里久の乳首をひねりながら言った。さっきまでただ笑っていただけのその眼に、欲情が灯《とも》る。

（い、いや……な、なんで……）

有塚に触られて気持ち悪くてたまらないのに、何度か乳首を刺激されるうち、体の芯にきゅん、と快感が走った。とたん、じわっと乳首の濡れる感覚がある――。

「はは、すごいね。普段相当、綾人にエッチなことされてるんだ？　匂いは消せても、体の中にはまだあいつの蟻酸が残ってるってこと」

「や、やめて……」

「毎日いっぱい中出しされてるんでしょ？　女の子なら、子どもできちゃうね」

里久はぶるぶると顎を震わせた。怖くて、気持ち悪くて、目尻にじわっと涙が浮かんでくる。助けて、と思ったけれど、同時に我慢するべきなのか、とも思った。

自分が我慢しさえすれば、有塚は綾人になにもしないと言っているのだから。そうやって我慢することが、大人になることなのか？　そうすれば、綾人の役に立てるのか。

誰かに教えてほしかった。けれど誰も答えてはくれない。

「……乳首弄《いじ》ってたら甘い匂いしてきたね。エロい体だね、なあ、舐めさせて」

不意に、有塚の声音が変わった。

それまで余裕のあったしゃべり方が、麻薬に冒されでもしたように浮つき、息も浅くなっている。突然乱暴に押し倒され、シャツをビリビリと破られて、里久は悲鳴をあげた。

「いやっ、やだ！　やめてください！」

「クロシジミなんだから、こんなことされても仕方ないでしょ。生きるために、娼婦《しょうふ》になってる種のくせに……」

嫌がる里久を、有塚がせせら嗤う。

白く薄い胸が外気にさらされ、乳首を無造作《むぞうさ》につままれて、里久は「あっ」と声をあげた。桃色の先端からは、里久の気持ちとは無関係に透明な甘露がこぼれてくる。とたん、有塚が唾《つば》を呑む音がした。分厚い舌が里久の乳首をねっとりと舐める。

（やだ、やだ……やだ……綾人さん……っ）

ぎゅっと眼をつむったら、綾人の顔が映った。

けれどそれは――三年前の綾人の姿だった。十五歳の綾人だった。里久を好きでいてくれた、優しかった綾人だった。今の綾人ではない。

あの綾人はもういないから、里久を助けてくれる人は、いないのだ。

里久の眼から涙が溢れて、こぼれ落ちた。刹那《せつな》、体の内側から得体の知れない熱い塊が、どっと噴き出してくる。

「うわ！」

有塚が声をあげて飛び退いた。肩胛骨の下から、ブレザーとコートを持ち上げて里久の黒い翅《はね》が飛び出していた。

体を麻痺させていた神経毒の効果が切れたのは同時だ。里久は逃げたい一心で、無我夢中で間近にあったものを手に取り、有塚に向かって投げつけていた。たまたま手にした古い黒板消しが有塚の顔にまともにぶつかり、薄闇の中に白墨《はくぼく》が舞《ま》い上がった。

「わ！　くそ！　なにする！」

眼にチョークの粉が入ったらしい有塚は、声を張り上げて眼の前に立ち上った白墨の煙を払う。里久はその隙を突いて、転げるようにその部屋から逃げ出した。

外へ出るとあたりはすっかり日が落ちて、街灯の明かりがぽつぽつと校庭を照らしている。冷たい冬の夜空は晴れ、真っ白な満月が明るく輝いて、星も見えないほどだ。

明かりのあるところへ行けばすぐに有塚に見つかりそうで、里久は校庭脇の暗い茂みの中へ転ぶようにして飛び込むと、その場にうずくまって小さくなった。

生け垣の硬い葉の中を夢中でかき分けたから、里久の翅はすっかり傷つき、ボロボロになって、肩胛骨の下から血が出てきた。体が震え、緊張に強《こわ》ばって、翅をしまうのにも時間がかかった。やっとしまい終えた時には全身カタカタと震えていたけれど、それは寒さのせいなのか、恐怖のせいなのか、その両方のせいなのか、それさえ分からなかった。

（綾人さん、綾人さん、綾人さん……）

体を小さくして隠れているうちに、涙がこみあげてきた。有塚に見つかるのが怖くて、声を殺して泣く。

（綾人さん……）

心では綾人を呼んでいる。けれど実際には、綾人を頼れないと分かっていた。

その時、頭上で生け垣を割る音がした。里久は飛び上がりそうなほど怯えて振り返った。

「黒木？」

立っていたのは、有塚ではなかった。けれど、綾人でもない。眼を見開き、里久の様子に驚いていたのは、遙だった。

八

「ここ、美術部の部室。今日は誰もいねえから、遠慮しなくていいぞ」

里久《りく》は遙《はるか》に促《うなが》されて、うずくまっていた茂みからすぐ近くの校舎へと連れて行かれた。

なぜその誘いに乗ったのか、自分でもよく分からなかった。真《ま》っ直《す》ぐ寮に帰って、綾人《あやと》の顔を見るのが怖かったのかもしれない。平常心を保って普通どおりにする自信がなかったし、有塚《ありづか》に襲われたことを綾人に知られたくなかった。

知られればまた迷惑がられるかもしれない。世話をかけるのも嫌だし、それ以上に面倒そうにされれば、傷つくのが分かっているからだ。

美術部の部室だというその部屋には、イーゼルにかかったままの油絵のキャンバスが二三あり、スケッチブックや描き損じたキャンバスなどがそこかしこに散らばっている。

「これ……どれか、遙さんが描いたんですか？」

キャンバスを見ながら訊くと、遙からは「まさか」という答えが返ってくる。

「俺、見るのが好きなんだよ。ここ、図書館より画集が充実してんの」

壁に備え付けられた棚には、確かに豪華な美術の画集や全集がずらりと並んでいる。部屋の中は鼻に響く油絵の具の匂いがし、対流式のストーブがついていて暖かい。ストーブの上では、やかんがしゅんしゅんと湯気をたてていた。

「それより、座れよ。黒木《くろき》、ひどい格好だぞ。手、消毒したほうがいいんじゃねえの？」

折りたたみ式の椅子を示され、里久はのろのろと腰掛けた。遙は「救急箱、どこだっけなあ」と棚を探し始める。

実際、里久はひどい格好だった。マフラーは逃げてくる最中に落としたらしくなくなっていたし、学校指定のコートにはチョークの粉がふりかかって白く汚れ、その下で、シャツが破れている。

コートの前を合わせると、手が震えていて、里久はうつむいた。暖かなストーブの前に座っていても、体の芯が凍っているように寒くて、全身がまだカタカタと痙攣した。

「とりあえず、絆創膏《ばんそうこう》はるか？」

救急箱を見つけた遙が向かいに腰を下ろし、里久の手の甲をとった。右手の甲がどこで傷ついたのかざっくりと切れて、血が滲《にじ》んでいた。そこに、遙が絆創膏を貼ってくれる。

「……すみません」

言ったとたん、喉が詰まり、咳が出た。立て続けに何度も咽《む》せて、止まらない。口を押さえても治まらず、涙が出てくる。遙が「おいおい、どうした」と言って背を撫でてくれる。けれどそうされると、今度は肩胛骨の傷がじくじくと痛んだ。

――苦しい。痛い。

みじめで、そして今さらのように有塚に抑え込まれた恐怖に襲われて、心臓がドキドキと嫌な音をたてている。涙がぼろぼろと頰を落ち、里久は唇を噛んで嗚咽をこらえた。

「あんたさ……それ、綾人にヤラれたんじゃねえんだろ？　なにがあった？」

それまであえてその質問を避けてくれていた遙が、やや躊躇《ためら》いがちに訊いてきた。

――綾人の秘密を探らないかわりに甘露を舐めさせろと言って、有塚に襲われた。

遙は綾人のグンタイアリ化も、里久がクロシジミであることも気づいているのだから、なんの問題もないかもしれないと思ったのに、里久は言えなかった。不意に苦しい後悔に襲われたせいだ。

本当に、逃げてきてよかったのだろうか？

気持ち悪くて怖くて、反射的に逃げてしまった。けれど言うことをきかなかったのだから、有塚は綾人の秘密を探るだろう。そうすれば綾人を困らせるかもしれない。

（どうしよう。おれのせいで綾人さんがなにもかも、失ってしまったら……）

どうせ大したことのない体なのだから、甘露くらい耐えて差し出すべきだったのではないか……？

「なあ、俺から綾人に言ってやろうか？　あんたが誰かに、襲われたこと……」

青い顔をしてぐるぐる考えていると、不意に遙に言われ、里久は咄嗟に「やめて!」と声を張り上げていた。

「や、やめてください。あ、綾人さんには言わないで。綾人さんにだけは……」

思わず遙の腕にすがりつき、懇願《こんがん》する。恐怖で体が震えた。誰かに襲われたなどと知ったら、綾人を怒らせるか、軽蔑《けいべつ》されるかだ。

(これ以上、嫌われたくない……)

ぎゅっと眼をつむってうつむいていると、遙が頭上で息をつく音がした。

「分かった。言わない。言わないけどさ……じゃあ、まあ、なにか飲むか?」

遙は引き下がってくれた。そのさっぱりした対応が、今の里久にはありがたかった。遙は傷ついている里久を見ても、必要以上に手助けしようとはしない。ただストーブの上で湯気をたてているやかんを持ち上げて、熱い珈琲《コーヒー》を淹《い》れてくれた。かぐわしい香りが、美術室いっぱいに漂う。

「そういえばあんた、こういうの好きなんじゃないか?」

しばらくして、眼の前にひょいと広げられたのは、陶器の全集だった。全ページカラーで、古いものから新しいものまでが網羅《もうら》されている。

陶器の写真を見るような気分でもなかったけれど、遙が話を逸らすためにわざと見せてくれたのだと分かったから、里久は受け取って、パラパラとページをめくってみた。

「食器の絵って本来、生活の中で使うのを考えてるとこが、面白いよな」

「きれいですね……」

「……あ、それは少し、分かります。嬉しいですよね、人の生活に関われるって……」

ふと里久の脳裏に、十一月の下旬、ほんの二週間ほど前に交わした、天野《あまの》との会話が浮かび上がってきた。

――クリスマスに、天ちゃんと天ちゃんの弟さんたちに作ろうと思ってるカップの図案なんだ……もらってくれる？

――うちの母ちゃん、こないだもらった皿、喜んで使ってるよ。ありがとな……。

有賀《ありが》家の、早朝の庭だった。頬を刺すほどの冷えた空気の中でも、里久の知らない、けれど里久の憧れる普通の賑やかな生活の中で、里久の作ったものが役だっていると思うと胸が温かくなり、あの頃はそれだけで嬉しかった。

けれど今の里久には、あの気持ちが、とても遠いことのように感じる。

あの頃に戻れたら……という想いが、里久の中を淡くよぎっていく。小さな世界で、なにも知らず、まだ心のどこかで綾人が自分を愛してくれていると、信じていられた頃に。

「あんたも、この部室使えるよう口きいてやろうか？　もっと本格的に描いてみたら？」

なにげなく言われても、里久はなにを？　と、思った。なにを描けばいいのだろう……。

「好きなものなら描けるって、前、言ってたろ？」

遙の言葉に、里久は「そうですね」と呟く。その声が自分でも分かるほど虚《うつ》ろだった。好きなもの。好きなものと言われて浮かぶのは綾人の笑顔だった。けれどそれは思い出すだけで里久に痛みを与える。もう二度と自分には向けられないものだと知っているから、できるだけ早く心の中から打ち消してしまいたくなる。

「……もう、描けません。……好きなもの、思い浮かべても」

──クロシジミなんだから、仕方ないでしょ。

さっき言われた言葉が返ってくると、空っぽの心に、諦めの気持ちが広がっていった。

(仕方ないんだ。こういう、ものなんだよね……?)

まるで他人事のように、里久は思った。涙さえ浮かばなかった。悲しいのか苦しいのかも、よく分からない。

仕方がない。自分はクロシジミで、クロオオアリに寄生しなければ生きられない種なのだから、どんな扱いを受けても、文句も言えない。

そう思い知ると、里久は自分の心がだんだん壊れていくような気がした。

「おれ、臭《にお》いますか?」

「……は?」

訊いたとたん、遙が戸惑ったような顔をしたことに、里久は気がつかなかった。ただ、さっき有塚に乳首を舐められたことを思い出し、あのちょっとした唾液でも、自分の体から有塚の臭いがしたら……と思って怖くなった。自分の体の一部が腐ってしまい、嫌な臭いを放っているような、そんな気持ち悪さがある。

瞼の裏には、きれいな生徒と一緒に歩いていた綾人の姿が映り、消えていった。

有塚に襲われて里久が怯えていた間、綾人は彼といたのだろうか？　もし里久が声に出して助けてと呼んでも、来てくれたか分からない……。

心の中で硬く結ばれ、張り詰めていた紐《ひも》のようなものが、きりきりとねじれて、切れそうになっている。それが苦しいのに、そんな感情さえ膜《まく》を一枚向こうにしたように遠く感じる。静かにこみあげてきた涙が、頬をたった一筋、転げ落ちる。

「大丈夫か？　なあ……どうしたんだ」

横にいた遙が、しばらくして里久の肩をそっと抱いてくれた。

「いえ、なんにも……なんにもないんです」

口にしてうつむくと、陶器の本に涙が落ちていくのが見える。事実、それほどひどいことはなにもなかったはずだ。なのに、なぜ自分は泣いているのだろう。

自分の体も、心も、涙も、自分のものではないようだ。疲れて、すべてが遠く感じられる――。

「寮に帰ろう。な」

ややあって、遙がそう言ってくれた。

里久は力なく頷きながら、今この瞬間遙の腕を振り払えたら、と思った。

そうして、学園を飛び出して消えてしまえればいい。

そうすればきっと、綾人も喜んでくれるだろうにと。


里久が遙と寮の自室に戻ったのは、もう、夜も八時を過ぎた時間だった。

部屋まで送ってもらってから、綾人に、ボロボロのシャツや背中の怪我に気づかれないようにするには、どうしたらいいだろうと考える。

「……お、それ、前言ってたテントウムシの友達のか」

勉強机の上に里久が置いておいた、ころんとした形の小さなカップを見て、遙が言う。次、天野に会えたら渡したいと、一応続きを描いていたのにちっとも進まず、カップは途中になっている。けれど遙は、感心したように手に取った。

「半分だけど、よく描けてるな」

「いえ、そんなこと……」

もう半分はいつ描けるのかも、分からない。描きたい気持ちが湧いてこないのだ。うつむいて黙り込んでいると、遙が「……まあ、じゃあ、行くな」と部屋を出て行こうとした。けれど扉の前で不意に立ち止まり、「なあ」と、振り返ってくる。

「キスしようか？」

さらりと言われ、里久は驚いて眼を瞠る。すると、「黒木、その怪我やらなんやら、綾人に隠したいんだろ？」とつい今し方考えていたことを言い当てられた。

「俺の蟻酸、口から入れようか？　首から入れてもいいけどな……それは痛いだろ？　俺と綾人の匂いは似てるから、軽いキスくらいなら、すぐ風呂に入って石けんの香りと混ぜれば、バレないと思うぞ」

淡々と言われると、大したことじゃないように思える。それになにより里久はもう疲れ切っていて、体も痛く、咳も出て、感情も半分麻痺していた。クロオオアリには好きなようにされても、仕方ないだろうと言われるような自分なのだから、治療のための口づけくらい騒ぐことではない。第一、遙は親切で言ってくれているのだし、他に方法も思い浮かばなかった。

「……じゃあ、お願い、します」

小さな声で言うと、遙がそっと、里久の肩を抱いてきた。大きな体と強い腕は、綾人のそれとよく似ている。顔を寄せられると、綾人と似た甘い王種の香りが鼻先へ漂う。

「かわいそうになあ」

ぼんやりしていたら、眼を覗き込んできた遙にそんなことを言われた。

「……かわいそうにな。あんたも、綾人も……」

どういう意味なのか、どうして遙が綾人もかわいそうだと言うのか。里久は考えるのも億劫《おっくう》で、眼を閉じた。有塚に襲われた時のような嫌悪感はなかったけれど、唇が重なった時、ときめきもなかった。

──これが綾人さんだったら、と里久は思った。もし自分に、こうしてキスをしてくれるのが、綾人なら。

──里久。お前なあ、そんなことあるわけないだろ。

耳の奥にどうしてか、呆れたような天野の声が聞こえてくる。ちょっと前までの自分なら、えへへ、と困ったように笑って、そんな天野にでもね、と反論したに違いない。

──でもね、天ちゃん。夢見るくらい、いいでしょ……叶わなくたって、想うくらい、いいでしょ……。

──だって、今もまだ、好きなんだよ。

きっと自分はそう言った。そう言って、笑うことができた。

(おれ、バカだったんだなあ……)

今の里久は、そう感じる。綾人が好きだ。綾人が好き……今でも、痛いくらい、好きだ。でももう、本当はやめたかった。

(……やめたい。綾人さんを好きなこと、もう、やめたいよ)

今の里久は、天野にそう言って泣きつきたかった。

やめたいよ、天ちゃん。辛いから。好きなこと、やめてしまいたい。

（想ってるだけでも、悲しくて痛くて……死んじゃいそうになる……）

じわじわと、目尻に涙が浮かんでくる。夢見ることもできなくなった自分が悲しいような気がして、けれどその感情さえどこか遠かった。

遙の腕が腰に回り、口づけが深くなろうとした――その時だった。部屋の扉がバン、と大きな音をたてて開いた。

ぼんやりと振り向いた里久の視界に、綾人が映っていた。綾人は怒りに震えており、里久は、血の気が引いていくのを感じた。綾人の眼と髪が、金色に燃え上がっていたのだ。

遙にその姿を見られてはならないという焦りと、綾人への恐怖に、里久は焦る。遙は初めて見るらしい綾人の姿に眼を見開いている。けれど綾人は、自分がグンタイアリ化していることに気がついていないようだ。乱暴に扉を閉めると「どういうことだ……」と、押し殺した声を出した。

「お前たち……今までも俺の眼を盗んで、こそこそと会ってたのか？　俺を王にして、そのあとのパートナーには遙を選ぶつもりか」

「ち、違います……っ」

里久はうろたえて遙から離れた。綾人に容姿が変わっていること、それを遙に見られていることを伝えなければと思うのに、どう言えばいいのか分からない。いつも落ち着いている遥も、変わってしまった綾人の姿に驚いて、なにも言葉が出てこないようだった。

「違う？　なにが違うんだ？　たった今俺の眼の前で、そいつと口づけしておいて！」

怒鳴ったとたん、綾人の眼の奥に赤い炎が走った。部屋がびりびりと振動するほどの声に、里久は戦く。

そうじゃない、これはただの治療だ。けれどそれを言えば、有塚の話もせねばならなくなる。そんなことはとても言えないから、声が出ない。

「こんな形で……また俺を裏切るのか！」

不意に綾人が机を蹴飛ばした。ものすごい力だった。机は倒れ、騒々しい音をたてて、カップが割れる。上に乗っていた色鉛筆が、床にバラバラと散らばった。

「綾人！　お前、落ち着け！」

我に返った遥が言ったが、綾人はそんな遥を鋭い眼で睨みつけた。

「黙れ。俺の事情を全部知ってるくせに。分かっていて……よくこんな泥棒まがいができるな！　俺が……どんな思いで……っ」

遥の胸倉に摑みかかった綾人へ、里久は半分泣きながらすがりつく。

「やめて、やめて、綾人さん！」

「お前は遥の味方か！」

怒鳴られ、その声の大きさに体が竦む。綾人は舌打ちすると、荒々しい足取りで里久の部屋を出て行った。

（あの姿で……外に行ったら……っ）

寮の誰かに見られたら終わりだ。

「おい黒木。あいつ、あの姿のせいで、怒りがコントロールできないんじゃないか？」

動じた様子で言う遙に、里久は思わず顔をあげた。

「怒りが強すぎると姿が固定しちまうって聞いたこともあるし、やばいぞ」

その言葉に、里久は遙を残し、無我夢中で綾人を追いかける。綾人は大股に自分の部屋へと突き進んでいく。幸い廊下に人気はなく、誰にも会わないですんだけれど、里久が何度「待って」と言っても綾人は聞いてくれなかった。

「綾人さん、話を聞いて……おれは遙さんと、やましいことしてたわけじゃ……」

綾人に無視されたまま、里久は綾人の部屋までついていった。とにかく人目につかないように、部屋の扉を閉める。

「お願い、聞いてください……おれ、おれの気持ち、ちゃんと話しますから」

里久は必死になって言い募った。怒っている綾人が怖い。ここまでの激昂《げきこう》は見たことがなく、心臓が痛いほど鳴っている。綾人はやっぱり返事をしてくれない。険《けわ》しい顔のままクローゼットを開け、なにをしているのか、中から段ボールを取り出して開けている。

そしていきなり、分厚い封筒の束を里久の顔に投げつけてきた。

「こんなものをとっておいた俺もバカだった！　お前の裏切りの証《あかし》なのにな！」

投げつけられたものが顔にあたり、里久は怯えて体を縮める。バラバラと床に落ちたものを見ると、それは封筒だった。宛先は綾人。差出人は里久だった。里久が綾人に送った手紙の山だ――。

頭の中が冷たくなる。どうして、と思う。里久が綾人に出した手紙は、すべて受取を拒否されていたはずだ。綾人が持っているわけがない。だが筆跡《ひっせき》は、どう見ても里久のものだ。

（どうして？　……どうして？）

その時部屋の中に、ガシャン、と大きな音が響き渡った。ハッとして顔をあげた里久は、息を呑んだ。綾人が皿を割っていたのだ。床に叩きつけ、足でふみにじって。

それは以前、里久が綾人にあげた皿だ。王冠をモチーフにした皿。綾人が、その図案を選んでくれた。その前にあげたマグカップや皿も、どんどん割られていく。

「やめて……っ、綾人さん、やめてください！」

里久は叫んだけれど、足が凍り付いて、止めることはできなかった。

「お前さえ会いに来なければ……！　お前さえ会いに来なかったら、俺はこんなに苦しまないでよかったんだ……！」

「やめて……！」

綾人が振り上げた皿を見て、里久は金切り声をあげた。

それは、一番最初に綾人が手にしてくれた里久の絵皿だった。

九歳の時だった。施設のバザーで並べた皿の間に座って、びくびくしていた里久を、綾人は見つけ出してくれた。里久の絵を好きだと言って、皿を三枚、買ってくれた。

——きみの絵、少し淋しいね。でも優しい気持ちになれる……。

十一歳だった綾人の言葉に、その時里久は救われたのだ。いつも淋しさの中に沈んでいた自分の心を、分かってくれた人がいた、そう思えた。こんな自分でも誰かを優しい気持ちにできるのだと思えたら、嬉しかった。

里久は足から金縛《かなしば》りが解けたように、夢中で綾人に飛びつく。

「やめて！　やめて！　やめてー！」

——どうしてこんなことするの、どうしてここまでひどいことができるの。

言いたい言葉が、頭の中で弾ける。

「どうして、どうしてそんなに変わっちゃったんですか……⁉　王さまになるって決めたから⁉　三年前まで優しかった綾人さんは、どこにいっちゃったんですか……っ」

喉が張り裂けそうなほどの声で、里久は必死に叫んだ。

「そんなにおれを嫌うのは、どうして？　おれが子どもだからですか……っ」

「お前がクロシジミだからだ！」

里久の手を振り払い、綾人が怒鳴り返してくる。金色の瞳の中で、瞳孔《どうこう》が赤く燃えている。まるで綾人の心の中でたぎる、怒りのように激しく。言われた言葉に、里久は眼を見開く。

「お前がクロシジミで、俺がクロオオアリの王種だからだ──だから出会った、それは誰にも変えられない！」

綾人が皿を投げつける。里久の悲鳴は、もう、声にならなかった。皿は大きな音をたてて、立て続けに三枚割られる。里久が初めて作った皿が、里久と綾人をつないでくれた皿が割られたのだ──。

「お前なんか見つけなかったら……あの時、七年前、出会わなかったら……」

綾人の罵《のの》りが、叫び声のように聞こえる。痛々しい叫び声のように聞こえる。

里久は耳を覆い、その場にへなへなと座り込んだ。耳鳴りがする。皿の割れる音が、まだ聞こえてくる。それは里久の内側から聞こえてくるのだ。踏みつけにされ、叩きつけられ、いなくてよかったのだと言われて。

「一体なんで、お前はここに来たんだ……」

息切れの合間で、綾人が呻く。里久はゆっくりと綾人を見上げた。

（今さら、どうしてそんなこと……訊くの？）

里久には綾人の意図が分からなかった。もう何度も何度も口にしたはずだ。

「……役に立ちたいって……そう思ったから」

「聞きたいのはそういう言葉じゃない！」

かすれた声で答えた里久に、綾人が怒鳴る。その顔が、苦しそうに歪《ゆが》んでいる。

「そんな言葉じゃない。そんな嘘じゃない。お前の本心が聞きたいんだ！」

どうして綾人には、里久の言葉が嘘に感じられるのだろう。

里久は呆然として、綾人を見つめる。役に立ちたい気持ちは嘘ではない。それを本心ではないと決めつけられれば、なにを言えばいいのか。

「二年前も今も、お前はただ、女王の言うことをきいているだけだ。それで本当に幸せなのか⁉」

黙っている里久に、綾人は続ける。

「俺のためだとか、こうしなきゃ生きていけないからとか、そんなことじゃなくて、お前がなにをどう考えてるのか、本当はなにを望んでるのか、俺には昔からさっぱり分からない。お前は出会ってから一度だって、俺になにかしてほしいと言ったことがない……！」

もはや綾人の声は、怒鳴り声ではなくなっていた。絞り出すような声はかすれ、その顔は今にも泣き出しそうに見える。

「自分の頭で考えたことがあるのか？　自分の心で感じたことがあるのか？　俺がどんな想いをしているか知っているのか。どれだけひどいことを言ってもお前はお前の本心を話

うだ。

里久は言葉もなく、戸惑っていた。綾人はじっと里久を睨《にら》みつけ、答えを待っているよさない！　なにを考えてるんだよ、里久！」

「本心って……なんのことなの？」

小さな声で、里久は問い返す。

「おれはいつも、本当のことだけ言ってます」

嘘はついていなかった。そのつもりだった。けれどその瞬間、綾人の眼の中には怒りと失望が映《うつ》った。そうして綾人は、崩れ落ちるように椅子に座った。

「それじゃあ、お前にとって俺はなんだったんだ。俺のことは、一体どう思ってるんだ」

呻《うめ》くように付け足した綾人は、けれどその答えを里久から訊くのも嫌なのか、それとも諦めたのか、大きく息をついてうなだれた。

「もういい。出て行け。お前がいると心が乱れる」

うつむいて流れ落ちた髪の隙間から、綾人の声が聞こえてくる。

「蟻酸が要るなら、遙に抱かれてろ。俺はもういい、義務でお前を抱くくらいなら、グンタイアリの姿でもなんでも、さらしてやる。そのほうがマシだ、最初からそうすればよかった。お前はもう、遙に守ってもらえばいい」

もう会いたくない、顔も見たくない、消えろ。

綾人は矢継《やつ》ぎ早《ばや》に続け、大きな手で顔を覆《おお》った。

「消えてくれ。俺の前から……」

綾人の顔はよく見えない。けれどその手からは、赤い血がこぼれて床にしたたっている。今し方割ったばかりの皿の破片で切ったのだろう。

里久の体はいつしか冷え、指先の感覚がなくなっていた。

心も冷たい塊になって、痛みも悲しみも苦しみも消え、深い深い闇へと落ちていくようなー──そんな感じだった。

──きみのこと、探してたんだよ。一緒に帰ろう。

そう言って手を差し出してくれた十一歳の綾人が、

──俺は、里久が、好きなんだ。

そう言って苦しそうにうつむいた綾人が、里久の中で遠い幻になって消えいく。

長い間、里久が生きることをたった一人だけ肯定《こうてい》してくれた人が、今、里久の心の中で死んだ気がした。

里久はよろめきながら立ち上がり、機械的に頭を下げて綾人の部屋を出た。

（……おれ、もうこの学園から、有賀の家から出て行こう）

ふらつく足で廊下を歩きながら、里久はそう考えた。それが一番いい。クロオオアリにはもう頼らず、生きられるところまで一人で生きて、死ぬ時が来たら静かに死のう。そもそも誰かの助けがなければ生きていけないなんて、あまりにも不自然だ。

けれど里久はなぜだかそこで、足を止めていた。

——俺がどんな想いをしているか知ってるのか。お前は俺を、どう思ってるんだ。

ついさっき言われた言葉が、脳裏に蘇ってくる。

(おれの本心……。おれの、本心って……?)

自分の心に問いかけると、なぜかその時突然、里久の脳裏によぎるものがあった。

それは九歳からの七年間、里久が一日の大半を過ごしていた有賀の屋敷の片隅、里久の部屋だった。

ちっぽけな、里久の世界のすべてだった。

里久はあの部屋でいつも、綾人を待っていた。

どんな時でも、つるバラのテラスの向こうから駆けてくる綾人のことを待ち続けていた。たとえ二度と、綾人が来てくれることはないと知ってからも。

不意に言葉にならない痛みが、里久の中に湧き上がってきた。

淋しい。淋しかった。淋しくて淋しくてたまらなかった。いつも、どんな時もあの小さな部屋の中で、里久の中からは孤独が去らなかった。そのことを今、里久は思い出していた。

幼い頃、施設のベッドの中で星を見ながら思った。

誰にも好かれず、好きになれずに死んだら、自分に生まれてきた意味はあったのだろうかと。その深い孤独感は、有賀の家でも里久につきまとっていた。綾人に会えない間、ずっと。

綾人に会いたくてたまらなかった。どうして一緒にいられないのかと、恨みそうになるたび、仕方がないのだと自分に言い聞かせ、諦めてきた。

そしてやっと会うことができたのに、その淋しさはまるで癒《い》えていない。

自分以外の人には優しく接する綾人を見るたび、胸が引き裂かれたように痛んだ。もう一度愛してほしい。何度も何度も、本当はそう思った。

けれどそんな気持ちを口にしていいわけがない。言っても困らせるだけだし、綾人と結ばれることはないのだから、仕方のないことだった。今だけではない、昔から、言っても仕方のないことを、里久は言わないように生きてきた。

（でも……言ったほうがよかったの？）

心の奥に秘めた、痛く辛い気持ちを。自分にさえ、いつも見せないように気をつけていた、苦しい心の声を？

愛してほしい。愛させてほしい。ずっとそばにいて、一緒に生きてほしいと、そんな、大それたことを言ってもよかったのだろうか。

ぼんやりと立ち尽くしていたその時、里久は、誰かに腕を掴まれた。

「見ちゃった」

耳元で、吐息混じりの、不快な声がした。顔をあげると、有塚だった。後ろから羽交《はが》い締《じ》めにされると、腰に猛《たけ》った性器が押し当てられて、里久は吐き気がした。

「今、綾人の髪と眼、金色だったよねえ？　みんなに言っちゃおうかな？」

「……やめて……」

やっとのことで呟いたとたん、里久は口元を塞がれ、担《かつ》がれるようにしてどこかへ引っ張り込まれる。ベッドに投げられ、服を剝《は》がされ――有塚が、自分のいきり勃《た》った性器をズボンから取り出すのを見た。

「大丈夫だよ……あとで匂い消しの薬、たっぷりあげる。綾人にはバレないから」

有塚の眼は欲情にくらんで、正気を失い、息も浅くなっていた。

「さっきの甘露、一度舐めたら……我慢できなくなっちゃった」

聞いていた里久はその瞬間我に返り、嫌だ、と思った。

（待って。……入れられるのは、嫌だ）

それだけは嫌だ。咄嗟に身を起こし、逃げようとした。とたん足を摑まれ、うつぶせに頭を押さえつけられる。そのせいで、叫んでも、声が響かない。

腰をあげられ、後孔に、硬いものがあてがわれた。

（助けて――）

そう思ったが誰に助けを求めればいいのか、分からなかった。綾人に？　いや、綾人はきっと助けてはくれない。そのことに思い至ると、絶望が里久の心を塗りつぶした。そのうちに、入り口へなにか硬いものが入ってくるのを感じた。

にわかに眼の前が暗転し、そこから里久の意識は途切れた。

事が終わって里久が眼を覚ますと、有塚は急に慌《あわ》て始めた。

綾人にバレたらただではすまない、いくらこっちが弱みを握っていても、そこはやはり王種であり、本家筋の綾人だ。しかも女王に知られたら一族を追放されるかもしれない……と、散々取り乱し、里久は四錠もの匂い消しを飲まされた。そしておざなりに服を着せられ、寮の廊下に放り出された。里久は目眩《めまい》を起こしており、寒気と吐き気が治まらなかった。

（ここは？　おれ、なにしてるんだっけ？）

記憶が曖昧《あいまい》で、自分の体さえ他人のもののように感じ、現実感がない。

窓の外は暗かったけれど、廊下は電気がついていて、明るかった。階下から夕飯のいい匂いがしていたし、食堂へ向かうために部屋を出てきた寮生たちがたくさん溢れていたのに、里久はそのことにちっとも気づかなかった。まるで世界が、一枚紗《しゃ》を挟《はさ》んだ向こう側にあるように感じる。壁伝いにふらふらと歩く里久に、寮生たちが怪訝《けげん》な顔をして足を止めているのにも気づかない。

「……黒木！」

不意に声がし、里久は誰かの腕に抱き留められていた。膝から力が抜け、そのまま倒れ込む。相手も一緒になって廊下に座り込み、叫んでいた。

「綾人の部屋にいないと思ったら……一体どこにいたんだ？」

顔を覗き込んでくる男は、遙だった。遙は里久の顔を見ると、焦ったように廊下を歩いていた一人に声をかけた。

「おい、綾人を呼んできてくれ！　黒木里久が倒れたって言って！」

里久の腕から力が抜け、持っていたブレザーが床に落ちる。気持ち悪い、吐き気がする。吐きそう……と、里久は思った。

「なにがあった？　おい、誰かバケツとタオルも！　嫌そうな顔するな、急げ！」

遙が指示を飛ばしている。やがて誰かが走ってきて、ハッと息を呑む気配があった。

「……里久？」

少しだけ眼を動かすと、端整な、綾人の顔が見えた。眼と髪は黒く戻っていて、里久は少しホッとした。綾人の黒い眼は、不安と驚きに揺れている。その顔は血の気を失い、うろたえて、青ざめている。

「おい、なにぼうっと突っ立ってんだ。パートナーはお前だろうが！」

遙の怒鳴り声に、綾人が我に返ったように膝をつき、里久を覗き込んできた。

「なにがあった？　具合が悪いのか？　どこが痛い？　……俺のせいか？」

綾人に訊かれ、里久は朦朧《もうろう》とし、喘ぐように答えた。

「……吐きそう、吐きたい。気持ち悪い。お腹の中で、胃酸が逆流しているみたい。あの薬、いっぱい飲んじゃった……おれ、死ぬんですか？」

そう言いながら、里久は自分でも、自分が話しているという感覚がなかった。勝手に口が動いて、どこか遠いところから声がしている。そんな感じだ。

本当に死ぬのかもしれない、と思った。体中痛くて、心音が早鐘のように耳に響き、意識が今にも飛びそうなほど苦しい。

綾人は取り乱した様子で、身をのり出してくる。

「あの薬？　あの薬ってなんだ⁉」

「白いの……綾人さん、いつもくれるでしょ。たくさん飲むなって言われた薬……匂いが消えないかもって、いっぱい飲まされて……」

周りがざわめく。不意に綾人が顔を歪ませ、声を大きくする。

「どういうことだ？　匂い消しかっ？　……誰に、飲まされた！」

「有塚さん……」

里久が呟くと、綾人の顔が、紙のように白くなっていく。

喋っているうちに胸が軋《きし》むように痛み、里久は咳き込む。息がどんどん荒くなって、視界がよく見えない。もう死ぬのかもしれないと思うと怖くなり、里久は震えた。死にたくない、ここで死んだなら、自分の人生はなんのためにあったのだろう。

綾人さん、と里久は気がつくと、綾人を呼んでいた。自分ではもう、自分がなにを言っているのかよく分からないまま、気がつくと声は勝手に漏れていた。

「綾人さん、おれ、綾人さんのこと……ずっとお屋敷で、待ってたよ。会いたくて、心配で、ここに来たんだよ。役に立ちたくて……。それは本当だよ。信じて……」

目尻から濡れたものがこぼれていくのを、うっすら、里久は感じる。

「綾人さんがいたから、生きてこれた。そのお礼をしたかった。でも本当は、ただ一緒にいたかっただけ……そう言って、よかったの……？」

綾人の眼が大きく見開かれ、里久を凝視《ぎょうし》している。

「ずっと訊きたかった。どうして……手紙の返事、くれなかったの？」

「返事……？」

かすれた声で訊き返してくる綾人は、なぜだか訝《いぶか》しげに眉を寄せている。

「なんで会いに来て、くれなかったの……？　どうしておれを、嫌いになったの？　嫌わないで……。また好きだって言ってくれるって、約束したのに」

なにを言っているのだろうと、里久は頭の片隅で思う。言っても仕方のないこと、言ってはならないことを口にしている。けれどもう死ぬのなら、いいか、とも思う。

「おれ、どうしたらよかった……？」

里久の眼から溢れた涙の中に、綾人の、青ざめた顔が映って揺れている。今眼の前にいる綾人が、自分を好きではないことが、悲しかった。自分を好きではない綾人を最期に見て死ぬのが、悲しかった。

「……おれのこと好きでいてくれた頃の綾人さんに、もう一度、会いたい」

こぼれた涙が目尻から落ちて、綾人の大きな体が、滲んだ視界の中で震えていた。

「あれ、なんの騒ぎですか？」

その時ふと、声がした。聞き覚えのある声だ。誰だろう、思い出したら嫌な気持ちになりそうな声だと、里久は思う。遙が綾人に向かって「綾人」と厳しい声を出した。

「綾人、お前、自分で噂を流してたんだ。黒木が来た時に、こうなるかもしれないことは予測してたんだろ。なんで眼、離した。守るつもりだったんだろ」

人垣《ひとがき》の間から、垂れ眼の男がひょこっと顔を出す。有塚だった。有塚はこちらを見ると、一瞬で青ざめ、踵を返そうと後ずさった。

「……有塚。分家の、通常種が……甘露舐めたさに、里久に、なにをした」

綾人の声が怒りに震え、かすれている。横から「綾人、怒るな」と声がしたけれど、その次の瞬間、里久は見ていた。

「この子には、近づくなと言ったはずだ！」

怒鳴ったとたん、綾人の髪と眼が、金色に燃えたつ――。まるで、炎のように。

綾人が有塚を殴り、周りの生徒たちが呆気《あっけ》にとられている。有塚が悲鳴をあげる。

「化けの皮が剝《は》がれたな、有賀綾人！　これでもう、お前は王にはなれないぞ！」

殴られた有塚が鼻から血を流しながら叫び、綾人はその顔を踏みつけにした。

「それがなんだ？　……それがなんだ？　俺が一体いつ、いつ自分から……王になりたいと言ったんだ――」

里久は眼を閉じた。体から力が抜けていき、意識が闇に落ちていく。

たぶん、このまま死ぬのだ。閉じた瞼の向こうに、どうしてなのかふと、有賀の屋敷の中、片隅にある自分の部屋が映った。窓の向こうにはつるバラが見え、早春の小雨が降っている。咲いたばかりのバラがさめざめとした雨に降られ、花びらを散らしていく。

テラスの向こうから、綾人の笑顔が渡ってくる。それを見て、幼い里久は胸を弾ませている……。

（あそこに置いていこう）

と、里久は思った。古い記憶の中、あの窓辺に。綾人を愛していた気持ちを、置いていこうと。

それからどのくらい経った頃だろう。

里久は温かなベッドの中で眼を覚ました。豪華な唐草《からくさ》模様の天井。きれいな調度がそろった部屋。金髪の男と、もう一人背格好の似た男が二人、枕元に座っていた。

「……里久。大丈夫なのか？」

金髪の男の声が、震えている。眼の端が赤らんで、今にも泣き出しそうな顔だ。どうして彼がこんな顔をしているのか、里久には分からない。ただ、とても悲しそうだと思う。

「あなた、誰ですか……？」

里久は戸惑いながら、小さな声で訊いた。なんだかわけもなく怖かった。

「ここは……どこ？　おれ、どうしてこんなとこにいるの？」

不安を口にすると、二人の男たちの顔が固まった。なにか、自分はおかしなことを言ったただろうか。

「なにも覚えてないのか……？」

一人に問われて、里久は戸惑いながら頷く。

ベッドの上に置かれた金髪の男の手が震えている。小刻みに、ずっと震えている。

それが少しだけ、かわいそうだと里久は思った。

九

「一体これはどういうこと？　里久《りく》が記憶喪失ですって？」

「医者の話では、心因性《しんいんせい》のものだそうです。さっきお話しした事情で……自分の名前と年は覚えていますし、生活に関する知識もあります。ただ、有賀《ありが》家に関する記憶がすっぽり抜けて、施設から引き取られたと思っていませんでした」

　翌日の午後、里久は有賀家の屋敷にいた。連れて来てくれたのは綾人《あやと》と遙《はるか》という二人で、二人とも里久とは面識があるらしい。

　朝のうちに病院にも連れて行かれ、今里久は、有賀家の広い部屋のソファに座らされて、遙が女王という人と話しているのを聞いていた。綾人は部屋の隅に立ち、じっと黙り込んでいる。当然ながら覚えのない場所や人ばかりで、里久は不安で縮こまっていた。

「俺のせいです」

　そのうち絞り出すように、綾人が口を挟んだ。

「俺のせいで、里久は記憶を失いました」

綾人の言葉に、里久は内心戸惑っていた。そう言われても、自分ではなぜ記憶がないのか分からないのだ。綾人も遙もとても華やかで、地味な自分が本当にこの人たちと知り合いだったのだろうか、と疑ってしまう。

「それで、綾人。お前のその姿は……どういうことなの」

女王にじろりと睨《ね》めつけられ、綾人は金色の眉を少しだけ寄せた。

「主治医に確認したところ、怒りが深すぎて、グンタイアリの姿が定着してしまったそうです。もう、甘露を摂取しても姿が戻ることはないと……そのかわり、怒りのせいで行動が制御できなくなるようなことはないだろうという話です」

「じゃあ、世間にも綾人の病は知れ渡ってしまったということね」

綾人がなにも言わないので、説明したのは遙だった。女王はこめかみに手を当て、一度だけ深く息を吐いた。そうしてすぐ後ろに控えている執事に「後処理をするわ」と言った。

「とにかく、里久に手を出したという有塚《ありづか》は退学させ、地方に飛ばします。クロシジミの甘露を許可なく摂取するのは、女王である私に逆らったと同じこと。それから――遙、お前を次期王候補として正式に迎えます。いいわね」

「……不満のある家は出てくると思いますよ」

「だとしても、グンタイアリの血の出た者を、もはや王にはできない」

きっぱりと言われると、遙はため息混じりに肩を竦めたものの「分かりました」と受け入れた。女王は次に「綾人」と言った。その声は厳しく、冷たかった。

「……お前は大学へ行き、優秀な成績を修《おさ》めなさい。そして卒業後は私の意向にすべて従い、一族のため、一生を捧《ささ》げてもらいます」

「もとより……そのつもりです」

綾人の口調は、淡々としていた。まるで感情をどこかへ置き去りにしているように里久には見えた。しばらく部屋の中には沈黙が流れたが、やがて女王が「今回のこと……」と静かな声で口を切った。

「綾人……お前がグンタイアリ化しているのではないかという噂は、分家の間で、早くから流れていたそうね。一体どこから漏れたのかしら」

女王が眼を細めたけれど、綾人は口をつぐんだまま黙り込んでいた。

「お前ではないの？」

と、女王が続けた。その黒い眼が、冷たく底光りしている。

「お前は、自分の正体が周りに知られれば、王から降ろしてもらえると考えた。不可抗力《ふかこうりょく》ならば、お前は私との約束を破ったことにはならない。そうすれば、里久がこの家から追い出されたり、蟻酸をもらえずに死んだりせずに済むと……そう思ったのでしょう」

妙なところで自分の名前が出たので、里久はまた、不安になって身じろいだ。壁の綾人は視線を床に落としたまま、「それを見越していたから、里久を寄こしたんじゃないんですか」と、返している。

「あなたは俺を脅しましたよね。俺が里久を抱かなかったら、分家の連中に里久を抱かせると。屋敷に戻したりしたら、里久には蟻酸を与えないと……そう言われたら俺は言うとおりにするしかない。……里久は蟻酸がなければ生きていけない」

「そうね。……どうやらこの賭け、私が負けたようね」

女王はそう言うと、酷薄《こくはく》な眼を、どこか怒ったようにすがめた。

「でも綾人、お前も負けたのよ。結局、お前は里久を守れなかったのだから」

感情をなくしたように動かなかった綾人の顔が、その言葉に引きつったように動いた。

綾人は悔しそうに眉を寄せ、女王を睨みつける。その視線を無視し、女王は立ち上がった。

「里久の面倒は当面お前が見なさい。新しいパートナーを探せる状態ではないわ」

それだけ言い置き、執事を従えて、部屋を出て行ってしまう。

「……誰のせいだと思ってるんだ、あの女」

小さな声で呟いた綾人を、里久は思わず見つめた。綾人の横顔は青ざめ、形のいい唇が悔しそうに震えている。遙がため息をついて、綾人の肩をぽん、と叩いた。

「とにかく、黒木《くろき》を部屋に連れて行こう。俺は屋敷の中を知らないから、お前が案内してくれないと」

促された綾人が「ああ……」と低く返事をして、感情を鎮めるように深呼吸をした。

（一体、なにがあったんだろう……）

自分と綾人、そして女王の間で。どうやらなにかよくないことがあったのは分かるが、覚えがないから不安だった。緊迫した場の様子に、里久の心臓はドキドキと早鳴っている。

不意に振り向いた綾人と眼が合い、里久は無意識に、体が竦むのを感じた。

有賀綾人という人は、とてもきれいな男の人だ。里久が記憶をなくしたと知った時、愕然として震えていたし、きっと悪い人ではないのだろう。それなのに近づいて来られると、里久はだんだん落ち着かなくなった。緊張と怯えを感じ、困ってうつむく。

「……部屋に運ぶ。痛いことはしないから、抱いていってもいいか？」

体調の悪い里久は今、一人でまともに歩けない。病院では、強すぎるホルモン剤を大量に摂取したせいだと言われていた。おそるおそる頷いたものの、綾人の大きな手に触れられたとたん、里久は怖い、と思った。

（怖い……怖い……怖い！）

わけの分からない恐怖感に襲われ、気がつくと、金切り声をあげていた。

「いや……！　やだ！　やだ！」

頭が割れるように痛み、自分でも抑えようのない苦しい気持ちが迫《せ》り上がる。体を震わせて丸まると、綾人が咄嗟に里久から飛び退《の》いた。

手が離れるとようやく恐怖が落ち着いて、里久は我に返って綾人を振り返った。

綾人は青ざめ、どこか傷ついたような眼をして、その場に立ち尽くしていた。自分が拒絶したせいかと思うと後ろめたい。けれど触れられた恐怖がまだ胸の内に燻《くすぶ》っていて、謝ることもできない。

「……黒木は俺が運ぶよ。綾人は、案内してくれ」

ややあって里久は遙に横抱きにされた。どうしてか遙には、なんの恐怖も湧かなかった。

結局綾人が先導して、以前里久が使っていたという部屋に連れて行かれた。とても豪華な部屋だったが、ベッドに下ろされても親しみなど湧かず、里久はますます不安になる。

一番戸惑ったのは、壁にたくさんの絵皿が飾られていて、机の上には絵筆、棚にも画材が置かれていたことだ。

「覚えてない？　この皿、全部、あんたが作ったんじゃないかな。なあ、綾人」

遙が言うと、綾人も頷いた。けれど里久にはもちろん、覚えがなかった。それどころか絵皿を見ていると、妙に怖くなり、口元を押さえて顔をうつむける。

「どうした？　具合、悪いのか？」

少し離れたところに立っていた綾人が、どこか焦ったような声で訊いてくる。

「なんだか、お皿を見てると辛い気持ちがして。すごく嫌なこと、思い出しそう……」

たどたどしく話したら、遙は黙り込んだだけだったが、綾人は突然顔を背けて、背を震わせた。やがて綾人の眼から光るものがこぼれて、床に落ちる。顔は見えないのではっきりとは分からないけれど、その広い背中も、強い腕もかわいそうなほど震えていて、里久は戸惑う。

（……泣いてるの？　どうして？）

こんなに大きくて強そうな人が、里久の一言で泣くなんて。

けれどどうちひしがれた綾人を見ても、どうしてあげればいいのか、分からない。

「綾人、蟻酸、入れてあげないと」

しばらくして遙が言うと、綾人は「ああ」と頷き、涙を腕で拭うような仕草をして、里久のほうに向き直ってきた。うつむいているので、表情までは里久には見えない。

「……蟻酸っていうのがあって、ちょっと驚くかもしれないが、注射みたいなものだ」

綾人が精一杯、優しく、里久を怯えさせないように言っているのが、どうしてか分かった。蟻酸のことは病院でも聞いていたので、里久はおとなしく頷いた。

「普通は首とか……直接体液で入れるんだが、とりあえず腕から入れるから」

「甘露が出ちゃわないか？」

遙の確認に綾人が「少量なら大丈夫だ」と答えている。里久はおとなしく、左腕を差し出した。すると里久に近づいてきた綾人が、あと一メートルほどのところでぴたりと立ち止まり、動かなくなった。そして「遙、今日だけ、お前がやってくれるか」と言った。

「俺が？　なんで。黒木のパートナーはお前だ。女王に言われただろ」

「次回からは俺がやる。でも今は……里久は、俺が触れると」

そこまで言って、綾人は言葉を切ってしまった。

鈍い里久にも、その先は分かった。ついさっき、綾人に触れられて尋常《じんじょう》じゃないほど怯えた里久を見たあとだから、綾人はきっと遠慮しているに違いない。実際、これから触れられると覚悟して差し出した里久の左腕は、里久自身の意識とは無関係に震えている。遙はなにか思案するように綾人と里久を見比べていたけれど、そのうち「分かった」と言って、里久の隣へ腰を下ろしてきた。

「じゃ、黒木。噛むけどな、注射だから。リラックスして」

あっさりした口調で言われたことと、相手が遙に変わったためか、腕の震えが止まった。遙は里久の袖をめくると、太い血管のところに、そっと噛みついてきた。一瞬、注射より鋭い痛みがあり、息を呑む。そこから甘酸っぱい熱のようなものが広がってきて、気がつくと体の痛みが消え、熱やだるさもかなりラクになっていた。

「はい、終わり。痛くないか？」

口を放した遙に訊かれ、里久は小さく頷いた。左腕には、噛まれた痕《あと》は不思議と残っていない。もう痛みも消えている。なんとなく気になってちらりと見ると、綾人は壁際まで離れ、里久と遙から眼を逸らしていた。

「で、どうするんだ、これから先は。黒木の状態からすると、医者は二日にいっぺん、蟻酸入れろって言ってたぞ。毎回噛むのか？　黒木も、綾人に触れられるのが怖いんじゃや、方法を考えないとな」

　すると綾人が、即座に「採血する」と、答える。

「俺の血液から抽出《ちゅうしゅつ》してもらう。そもそも十六歳までは女王の血液から取り出してたんだ。家の専門家に聞いたら、一度の採血で一回分くらい作れるらしい」

「お前、二日にいっぺんだぞ。蟻酸の鮮度はすぐ落ちるのに、そんなに血、とってたらまいるぞ」

「だからって……毎回俺が触れるのを我慢させろっていうのか？」

　里久には分からない会話だったけれど、自分のために話し合ってくれていることくらいは分かる。なにか大変な思いをさせているのだろうかとおろおろしていると、綾人が察したように「気にするな」と、言ってくれた。

　そのあとで小さく、「怯えさせて、すまない」と付け足される。

　里久はその時、この人は本当は優しいのかも、と、思った。

（優しい……でもそれならどうして、この人のこと……怖いんだろ？）

　分からない。けれど謝られても、里久は笑いかけてあげることもできず、眼が合えばなんだか胸がざわめいて、うつむいてしまう。ついさっき、顔を背けて泣いていた綾人のことを思うと、かわいそうに感じるのに。

二人はまた来ると言って、部屋を出て行った。立ち去る時も、綾人はとても悲しそうな眼で、里久を見つめていた。

——傷ついている、かわいそうな……捨て犬みたい。

里久はどうしてかふと、綾人のことをそんなふうに感じた。

有賀という屋敷での生活は、記憶のない里久にはとても妙なものに思えた。食事は決まった時間にメイドが運んでくる。彼女たちはほとんど喋らず、すぐいなくなってしまう。そして毎朝執事が訪ねてきて、里久の体調を確認する。

記憶がないことは、もちろん不安だった。世界が自分の知らないもので満ちていて、どれもこれも親しみがなかった。自分のことを少しでも知ろうと、執事やメイドたちに「以前のおれは、どんなふうに暮らしてましたか」と訊くと、

「日中のことはあまり知りません」

と返されて、その素っ気なさに里久は気持ちが萎縮《いしゅく》してしまった。

飲み物は常に用意され、トイレと浴室はすぐ隣にあり、不便はないけれど、淋しい暮らしだった。よほどでないと人と口をきくことがない。ほどなくして、里久はこの家の人たちがみんな、自分に無関心なのだと気がついた。そんなことにも、里久は記憶を戻そうと

いう気力を奪われた。

（ここで暮らしてた以前のおれは、こんな生活で、幸せだったのかな……？）

とてもそうは思えない。なにを見ても、屋敷の中のものは寒々しく、淋しく感じ、思い出せないことも不安だけれど、思い出してしまうと、もっと辛い気持ちになりそうだった。

たった一つ気が紛れたのは、綾人の血から採ったという蟻酸の注射を打ちに、二日に一度来てくれる医者の存在だった。七雲《なぐも》澄也《すみや》という若い先生で、無口な人だが、ロウクラスの治療には長《た》けているらしい。注射も上手で、いつも優しかった。

毎日ここで寝ているだけの里久が淋しいだろうと思うのか、治療が終わったあとも、十分ほど雑談していってくれる。ぽつぽつ話してくれたことから、彼の結婚相手もロウクラスの、それもシジミチョウだと分かった。

「うちのも体は弱いが、気持ちだけは元気だ。黒木さんも、体質に負けないように」

澄也はそんなふうに言ってくれた。

「どんな人間でも、生きていけば老いるし、そのうち死ぬものだ。体が弱いことは不幸せじゃない。それに負けたら不幸せだけどな」

訥々《とつとつ》とした口調で励ましてもくれた。記憶がなくなる前には、関わりがなかったという。

そのせいか、澄也と話すのは綾人や遙と話すよりも気楽だった。

（でも……なんだかそれも、悪いけど）

特に綾人に、悪いなあと思う気持ちが消えない。

有賀の屋敷に連れて来られてから、一週間。綾人は憐れになるほど沈んだ顔をしていた。綾人はいつも里久を気遣ってくれ、優しくしようと努力してくれていた。綾人がなにか、里久に責任を感じているのは事情を思い出さなくても痛いほど分かる。

クリスマス前日になると、綾人は大きなツリーを里久の部屋に入れてくれた。当日はケーキを買ってきてくれ、なにかほしいものはないかと訊いてくれたりもした。それに里久が退屈していないかと、本や雑誌、漫画やＤＶＤまで持ってきてくれたりする。

「お前、きれいなものが好きだったから……」

と言って、花束を持ってきてくれたこともある。そして綾人はいつも、里久になるべく近づかないよう、なるべく触れないようにしていた。肩にカーディガンをかけてくれた時も、「寒そうだからカーディガンをかけるけど、触らないから」と前置きされた。ちょっと咳き込めばすぐに「大丈夫か？」と訊いてきて、背をさすろうとするのに、途中でハッとしたように手を引っ込める。里久を見るのも悪いと思っているのか、話しかけてくる時は、いつでも伏し目がちだ。それでいて、里久が見ていない間はじっと、まるで焦《こ》がされそうなほど熱く思い詰めた眼で見つめてくるのが、気配だけで伝わってきた。

それでも、里久は綾人が怖いままだった。

そんなある日、綾人と遙が、珍しく一緒に里久のところへやって来た。

「今日はもう一人連れてきたんだ。黒木、この子のこと覚えてるかな？」

遙に言われ、指し示された扉口を見ると、そこには赤毛の少年が一人、立っていた。そばかすの浮いた、可愛い鼻。大きな眼は涙で潤んでいる。

「天ちゃん……」

思わず、里久は声を漏らした。覚えていた。この瞬間思い出した。友達の天野《あまの》だ——大好きな、里久のたった一人の友達……。

「里久……！　このバカ！」

天野は怒鳴るように言うと、ひっしと里久に抱きついてきた。そうして声をあげて泣く。

「バカ！　お前、記憶なくしたって……っ、そんなふうになる前に、なんで、なんで相談してくれなかったんだよ……っ、友達だろ……！」

泣いてくれる天野を見ているうちに、心のどこか麻痺していた部分に血が通ったように胸が熱くなり、里久も涙ぐんでいた。心配させたことが分かったし、心配してくれたことが嬉しく、そして申し訳なかった。

「ごめん、天ちゃん。ごめんね……」

一緒になって泣く。けれど天野のこと、天野の家族の話は思い出せるのに、それ以外は靄《かすみ》がかかったようにはっきりせず、一体どうやって天野と知り合ったのか、最後にどこで会ったのかは思い出せなかった。

「そっか、じゃあやっぱり、有賀に関する部分がごそっと抜けてるんだな。ちなみに黒木、この子に湯飲みみたいなカップ作ってたこと、覚えてないか？」

天野と里久が泣き止むと、様子を見ていた遙に訊かれ、里久は戸惑った。なぜだか、カップ、と遙が言った時、少し離れた場所に立っている綾人が、びくりと体を揺らし、苦しそうな顔になる。

「俺には、テントウムシの絵、描いてるって見せてくれたぜ」

天野が心配そうに言ってくれても、里久は思い出せなかった。そればかりか、考えると胸が苦しくなり、ドキドキした。自分が作ったという皿を見ていると嫌な恐怖心が湧いてくるので、里久は部屋の壁からも絵皿をはずしてもらったくらいだ。

「……分かんない。ごめん。お皿のこと考えると辛くて……」

指が震え、里久はうつむく。

「お皿のことくらいで……なんでこんなふうに怖いんだろ。昔は好きだったんなら、なおさら……でもすごく辛い気持ちになる」

小さな声で呟いていたら、聞いている天野の眼に、再び涙が盛り上がってきた。不意に天野は、里久のベッドから枕を一つ摑み、後ろの綾人に向かって投げつけた。

「天ちゃん……っ」

びっくりして、里久は声をあげた。投げられた綾人のほうは、枕をぶつけられるまま、身じろぎ一つしなかった。

「お前のせいだぞ！　里久がどんだけ苦しんでたと思うんだ、俺は、こいつと友達になってから、毎日毎日、お前の話聞いてたんだからな！　聞いてて、バカかってくらい、お前のことしかなかったんだぞ、それを……っ」

「天ちゃん、やめてよ、天ちゃん」

里久は慌てて、天野の腕にすがった。

「こいつたしかに世間知らずのバカだけど、それで苛《いら》ついたのかもしんないけど、でも、嘘はつかない、アホなくらいお人好《ひとよ》しでいいやつだって、知らなかったのかよ……！」

天野は、泣きながら怒鳴っている。怒鳴られている綾人は、言葉で頬を打たれたように、表情をなくして立ち尽くしていた。

その金色の瞳が、不安と後悔に揺らめいている。

やがてその唇から小さく「知ってる……」と、呟く音が漏れた。

「知ってる……そこが好きだった……変わってほしいと、思ったことはなかった……」

聞いていた里久の胸さえ、わけもなく痛み、息苦しくなってくるほど、綾人の声には後悔が滲んでいた。傷ついている綾人を見ていたら、やり場のないやるせなさと悲しみが、心の中へ押し寄せてくるのを、里久は感じた。

「そんなの、言い訳にしか聞こえねえよ！　出てけよ、お前のことなんか思い出さないほうが里久は幸せなんだ。もうこいつに会うな！」

言われた綾人は黙り込んでいたが、そのうち絞り出すような声で「分かった」と頷く。

（もうおれには、会わないってこと……？）

思わず、里久は綾人を見つめる。一瞬引き留めようか迷う。べつに綾人のことは嫌いではないと思う。けれど言えなかった。綾人が里久のために傷つき、里久を想ってくれていても、会いに来てほしいかと言えばそれは嘘だった。

綾人は頭を下げて、部屋を出て行く。大きな体の人なのに、その背中はとても小さく、吹けば飛びそうに見える――。

「同情なんか、してんなよ、里久」

里久の気持ちを察したように、振り返った天野が言ってきた。

「もうあんなやつのこと忘れてお前は新しい人生を生きろ。なにも思い出さなくていい」

なにも思い出さなくていいと言われると、ほんの少しホッとした。けれど同時に、どうしてか、どうしても、綾人のことが頭の中から消えてくれなかった。


里久が有賀の屋敷に連れて来られてから、一ヶ月ほどが経ったある日のこと、初めて女王が部屋を訪れた。

「一応、お前に報告しておきたいことがあるの」

年も変わり、既に一月も下旬だった。

見舞いに来てくれた遙の話によると、里久が以前ほんの短い期間通っていたという綾人たちの学園も、新学期に入ったらしい。あれから天野は頻繁《ひんぱん》に来てくれていたし、里久の注射の回数は週に一度でよくなり、有賀家での暮らしにも少し慣れてきた。庭くらいなら散歩できるようにもなり、屋敷の中も自由に行き来している。

天野はそんな里久を見て、

「前はそんなことなかったぜ。お前の生活、すっげえ管理されてた。記憶なくしたおかげで、自由になったことだけはよかったな」

と、言っていた。

記憶は相変わらず戻って来ないが、里久に思い出せと言う人は一人もいなかった。遙は「必要になったら思い出すだろうから」と鷹揚《おうよう》に構えていたし、屋敷の人々は里久に関心がないのでなにも言ってこない。天野に来るなと言われて以来里久を訪ねてこない綾人とは、連絡さえとっていない。

里久の心の中には、このまま有賀の家でぼんやり世話になっていていいのかという気持ちと、かといって他にどうやって生きていけばいいのかと悩む気持ちが、いつもせめぎあっていた。

女王の訪問は、ちょうどそんな折《おり》のことだった。

「覚えていないお前に言っても仕方ないだろうけれど、有塚は退学させ、地方に預けました。二度と会うことはないでしょう」

里久のベッドサイドに座ると、女王は淡々と告げてきた。有塚とは誰のことか分からない里久は、けれど質問する気も湧かず、とりあえず頷く。

「それから遙を正式な王位継承者とし、綾人は廃嫡《はいちゃく》の身《み》となります」

そう言う時も、女王は眼を細めただけで、なんの感情も見せなかった。

「綾人は……大学を出たあとは、アリガグループの子会社に出向《しゅっこう》させます。グループ会社の中には、経営の傾いているところもいくつかある。綾人には一生をかけて、そういったところで働いてもらうわ。よほど業績をあげないかぎり、役員の椅子は用意させない」

きっぱりと言い切る女王に、里久は息を呑んだ。少し厳しすぎる気がして、綾人が気の毒になる。綾人は本来なら有賀家の王となり、次期女王と一緒に企業の頂点に立つべき人間だったと聞いている。容姿がグンタイアリ化しただけのことで、役員になれないどころか、子会社で一生を終えさせるというのは、怨念めいている。

「……私情ではないのよ。いえ、少しはあるかもしれない。けれどそうでもせねば、示しがつかない。お前を、綾人に預けるにはね」

付け加えられた言葉に里久は眼をしばたたいて、女王を見つめた。

「グンタイアリ化した王種に……クロオオアリの男なら、誰もがほしがるクロシジミを預けて、さらに優遇したのでは、身内贔屓《びいき》と言われる。お前のパートナーでいたいのなら、身の上に合わない不遇《ふぐう》を受けているくらいがちょうどいいのです」

「……おれのパートナーは、綾人さんのままなんですか？」

　里久は困惑し、訊いた。

　ここに来て一ヶ月。遙や天野から事情を聞き、里久も自分がクロオオアリの蟻酸を受けなければ生きていけないことや、本来それは決められたパートナーから性交渉で与えられるもので、今のように注射を打ってもらうのは、十六までに終わるはずのことだと知っていた。

　それなら綾人が自分を抱くのか、と思ったけれど、当の綾人が里久を訪れる様子はない。注射は続いているから、採血のために屋敷には来ているはずだ。クロオオアリの血液から蟻酸を抽出する技術は有賀家独自のものであり、病院では行われていない。

「綾人に訊いたの。不遇のままお前を得るか、お前を失って優遇されるか、どちらがいいか。綾人はお前を選ぶと言ったわ。ただし、性行為は必要ない、お前に会えなくてもいい、どこからでも採血に通うし、お前に好きな相手ができれば、そちらを選んでくれていいと。そしてそうなっても、自分は不遇のままで構わないと言われたわ」

「……え」

思わず、里久は声を漏らす。女王は初めて呆れたように、ため息をついた。

「つまり、お前は自由なのよ。綾人のところへ行くもよし、行かぬもよし。ここにいてもいいし、学校へ通いたいなら通えばいい。記憶を戻すも戻さないも自由。一人暮らし以外ならば、希望を聞きましょう」

ゆっくり考えなさい、と言われ、里久は心臓が痛むように感じた。里久のために不遇を選んだという綾人のことを考えると、どうしてか、息が苦しく、辛くなる。

「……どうして、あの、綾人さんって人は、おれにそこまで……？」

そこまで、してくれるのだろう。里久の記憶喪失が、綾人の責任だから？　だとしても、里久は今、不幸ではない。十分してもらっているのに、どうして、と思う。

──そこが好きだった……変わってほしいと、思ったことはなかった……。

天野に叱咤《しった》されたあと、綾人は苦しげに言っていた。

（好きって……？　どういう好きだったのかな……）

これまで一度もそうとは考えなかったのに、愛しているというのと、同じ意味だったのだろうかと、思う。

口元に手をあててじっと考え込んでいる里久を、女王はしばらくの間無言で眺めていた。それからふと「これを、お前に返します」と言って、里久の膝の上へ分厚い紙束を置いた。

それは何十通にもなる、封筒の束だった。

宛名は、黒木里久。そして差出人は、有賀綾人と書かれている。

綾人が、里久に書いたらしい、手紙の束だった。

眼を見開くと、女王が「それに返事を出していたのは私。お前の筆跡くらい、真似できたから。綾人はずっとそうとは知らなかったけれどね」と言ってきた。

「……綾人が高校二年生にあがる頃。私は言った。もし綾人が王にならないのなら、私は、お前を……里久を、どこぞの、遠い地方の施設に追い出すと」

――地方の施設に、追い出す。

その鋭い言葉に里久は驚いて息を呑み、顔をあげた。

「もちろんそれは、お前の死を意味した。そう言えば、綾人がすぐに従うと思ったわ。でも綾人はお前を諦めきれなくて……お前を、盗みに来た」

「……盗みに？」

女王は頷き、「手紙を読めば分かるわ」と、眼を細めた。

「読めば、私を憎むでしょう。お前には、悪いことをしたと思っているわ」

女王の口から謝罪めいた言葉が出てきたのが、里久には意外だった。見るからにプライドの高そうなこの人が、わざわざ謝るほどのことが過去にあったのかと緊張する。

「もっとも、私は残酷な気持ちでそうしたのではない。お前は最後のクロシジミ。クロシジミにとっては生き延びることこそが至上の幸福だと、私たちは考えてきた。私たちは努力したはず。それなのに、お前たちは滅ぼうとしている……」

——有賀の考えが、間違っていたのかしら。

とても小さな声で女王が付け足すのを、里久は戸惑いながら聞いていた。

するとその気持ちを察したように、女王は口の端に淡い微笑を浮かべた。

「記憶のないお前に言っても、分からないわね。いつかすべて思い出したら、きっと私を冷酷だと思うに違いないわ。でも私は有賀家の女王として、決められたことをしたの。お前を長生きさせること、最良の血を有賀に受け継ぐこと。それが私の仕事だった。でももしお前たちをもっと自由にさせていたら、あるいは、今もクロシジミは……」

そこまで言うと、女王は言葉を切った。それから小さな声で「いいえ、もしもの話は、無意味ね」と呟いた。淡々とした、静かな口調だった。美しい黒い瞳にも、感情は波立っていない。

彼女がなにを思っているのか、里久には推《お》し量《はか》れない。鉄のように崩れない顔の下に、悲しみや後悔があるのかさえ。けれどそれが、古い歴史を持つ大きな一族を背負った女王という生き物なのかもしれないと、ふと思う。

「これからは、お前は好きに生きるといいわ」

それだけ言うと女王は立ち上がり、来た時と同じように、躊躇《ちゅうちょ》なく部屋を出て行った。

次また彼女に会えるのは、きっとずっと先になるのだろう。里久はそんな気がした。

膝の上に残ったのは、綾人から里久に宛てられたという手紙だ。一番古いものは、三年前の日付。新しいものは、二年ほど前の春のものだ。

少し迷って、里久はそっと、最も古い手紙を開けて、読んでみる。書き出しは『里久へ』だった。きれいな、流れるような字が並んでいる。

『里久へ。　学園の寮に入ってから、二日が経ちました。

一日目は慌ただしくて、手紙を書けなかった。ごめんな。まだ環境には慣れませんが、有賀一族の親しい人間も同じ寮にいるので、楽しくなりそうです。

……ただ、お前に会えないことが、とても淋しい。

里久の生活はどうですか。絵は描いていますか。この前もらった皿は、机の前に飾りました。カップも使っています。里久が生活の中にいるようで、眼に入れるとホッとするよ。

話す相手もなく、淋しい思いをしていないかと心配しています。

連休に帰れたら、真っ先にお前の部屋に行くよ』

読んでいるうちに、里久はだんだん居住まいの悪い気持ちになってきた。この手紙の向こうにいるのは、本当にあの綾人なのだろうか。

文章から伝わってくるのは、こそばゆいほど真っ直ぐな、里久への好意。愛情。会えない淋しさ、里久を気遣う優しさだった。

二通目を手にすると、それは一通目からたった三日後に書かれたものだ。内容は、一通目とほとんど変わらない。

『返事をくれてありがとう。すごく嬉しくて、机の前に貼った』

と、書いてある。ということは、里久の返事はすぐ届いたということだ。

綾人の手紙はそれからも長い間、里久を想っていること、里久に会いたいこと、里久を心配していることばかりが書かれ、四月の後半になって、

『連休に帰れるけど、女王に、お前が十六になるまでは会わせないと言われてしまった』

と、がっかりした様子の文章が付け足された。

『そもそも、女王と王しか会ってはいけないクロシジミに、俺を会わせたのが失敗だったと、女王は言っている。俺が王になりたくない、と言ったからだ。でも王になったら、俺はお前とはいられなくなる。それに、もう一人の王種のほうが、俺より王に向いている』

その時の手紙は、里久に会えないことに失望したのか、いつもより愚痴が多かった。

一年目が終わり、二年目に手紙が入ると、楽しげな雰囲気はまるでなくなってしまった。綾人は女王から、王にならねば里久をどこかへ追い出すと言われた、と書いてきていた。さっき、女王が里久に言っていたことだろう。

『残酷すぎる。どこかの施設にやられたら、お前が生きていけるはずがない。殺すと言っ

てるようなものだ。

でも、悔しいが、俺には止める手立てがない。王になると約束するか、お前を盗むかしかない。俺はお前といたい。

――だからお前を、盗みに行くことにした』

そこまで読んで、里久は驚きに口元を押さえ、息を止めた。

（盗むって……おれを、有賀の家から連れ出そうとしたの？）

まるで駆け落ちのようだ。そう思うと、胸の鼓動が早鳴る。恥ずかしいのか、ときめいているのか、それともこの先を知るのが怖いのか、自分でもよく分からない。

なんだか物語を読むような気持ちもあり、このあと一体自分と綾人になにがあったのだろうと、展開を焦りながら次の手紙を開く。すると綾人は里久に『本当に大丈夫なのか？』と、念を押していた。

『お前、待っていられるか？　それなら、俺は深夜零時に着くから。覚えてるか？　俺がいつもお前に会いに行った、つるバラのテラス。しあさって、そこへゆくから』

里久はハッとして、ベッドから見えるサッシ窓のほうを見た。

その向こうはテラスになっており、鉄柵につるバラがからんでいる。きっと綾人が書いているのは、このテラスのことだろう。

日付は春。

まだ寒い早春の時期のことだった。バラは咲いていたか、いまいか。

次の手紙には、二人の脱走について、簡潔な計画が書かれていた。けれど最後には、どこか迷ったらしい、こんな文章があった。

『俺の我が儘に付き合わせてごめん。一族からは追放されると思う。苦労をさせるけど、必ず守るから。必ず、必ず守るから。

必ず、幸せにするから。

お前はまだ小さいけど、会えたら、前に言った言葉をもう一度言わせてください』

(前に言った言葉って、なんだろう……)

以前の手紙に、なにか書かれていただろうか。それとも里久の、失った記憶の中にある言葉なのか。思い出せそうで、思い出せない。ただその文章から滲み出てくるのは、この時まだ十六歳だった綾人の怖さと不安、決意と、若く真っ直ぐな愛情だった。

自分より小さく、弱い相手を守ろうと必死になっている、若者の姿だった。それはいたいけで、そして、とても脆《もろ》く見える。

(次の手紙が、最後……)

届いた日付は、計画の日より一週間後になっていた。最後の手紙は、それまでのものに比べると、とても薄い。

中から出てきたのは小さな一筆箋《いっぴつせん》と、メモ用紙だ。

『追伸』

一筆箋には、最初にそう書いてある。その文字は心なしか揺れ、いつもより荒れている。

それにしても本文がなく、なぜ追伸から始まっているのか、里久は不思議に思う。

『あの日、三時間待ちました。部屋に行ったら、お前はいなくて、この手紙だけがあった。これは返します。持っていると、破りそうになる。でもそうしたくないから』

添えられていたメモ用紙は、短い手紙だった。綾人のものではない、やや丸い文字が並んでいる。

『綾人さんがかわいそうで、言えなかったけれど、おれは、やっぱり行きません。女王様に従います。あの言葉のことは忘れます。綾人さんは王様になってください』

（これ……？　おれの字？）

見覚えのある字に、里久は眉を寄せた。

けれどよく見ると、一筆箋の裏に、付箋《ふせん》が一枚貼ってある。流麗《りゅうれい》な文字で、そこにはこう書かれていた。

『これは私が書いたものです。もう一枚の綾人の手紙の中身は、その昔、お前に渡しました。お前の机の上をご覧なさい』

比較的新しい付箋は、女王が書いたものだと里久は直感した。

（机の上って……あの机？）

　里久は窓辺に置いてある、アンティーク調の大きな勉強机を見た。ここに来てから、あまり近づかないようにしていた家具だ。なぜならそこには里久が描いたという絵皿や、たくさんの色鉛筆が置かれていて、それを見ると里久の心はまたざわめき、意味もなく怖くなるからだった。

　けれど好奇心には勝てず、しばらく迷ったあと、里久は意を決してベッドを下りた。机上には、水色の封筒が一つ、置かれていた。何度も何度も開いては読んだらしく、封筒の端はうっすらとよれて、指でつまんだ痕がある。

　開けると、一枚の便せんが出てきた。そこにはさっきの追伸と同じ、少し荒れた、綾人の文字があった。

『さようなら。俺は王になる。だからお前には、もう二度と会わない』

　胸の奥に、痛みのような衝撃が走った。理由の分からない喪失感が押し寄せて体から力がぬけ、里久はよろめくように机の前の椅子に座り込んだ。

　覚えのない文章。覚えのない手紙のやりとり。

　ただ伝わってくるのは、最後の手紙の、短い文章の行間からも分かる、綾人の痛みだった。悲しみだった。里久に裏切られた絶望だった。

　便せんを持つ指が震え、ショックに体が寒くなる。

十五歳の春から、十六歳の春まで。愛ばかり書いていた少年は、どこにいったのだろう。最後の手紙を書いた時、春の日だまりのように柔らかだった愛情が、綾人の中で壊れてしまっていたことを、里久は感じ取った。

駆け落ちなんて、十六歳と十四歳ではきっと無謀だっただろう。すぐに連れ戻され、悲惨な結果になっていたかもしれない。けれど……。

（つるバラのテラスにあの人が来た時、きっと、おれはこの部屋にいなかったんだ。女王様がおれのフリをして書いた、このメモだけあって……あの人は、おれからの言葉だと思って……）

真っ暗な部屋。一族を捨てる覚悟をし、里久を守ると誓ってやって来た綾人は、『行きません』と書かれたメモを見て、裏切られたと思ったことだろう。

――その気持ちを思うと、まるで自分のことのように、苦しい。

手紙の中の綾人が、ただただ、かわいそうだった。一体どんな気持ちで、最後の手紙を書いたのか……。もう会わないと突き放しながら、それでもなお、里久からの手紙を破りたくなくて、書き置きを戻してきた綾人の愛情の純粋さを思うと、胸が打ち震えた。

里久の眼には熱いものがこみあげる。

こらえきれずに頰を転げた涙が、手元の手紙の上に散って、小さく染みになっていた。

十

泣いていたのは、三十分ばかりだっただろうか。古い手紙をきれいにそろえてから、里《り》久《く》はふと、今の綾人《あやと》に手紙を書けないだろうか、と思い立った。

綾人の様子は、たまに遙《はるか》から聞いている。学園では容姿がグンタイアリのそれに変わり、次期王の立場でもなくなったせいで、今は周りからも遠巻きにされているらしい。

『見た目が変わっただけで、中身は一緒なんだけど。ま、本人は楽なんじゃねえの？　すっかりおとなしくしてるよ。もとがそういう性格だし、今は落ち込んでるしな』

遙のほうは王になることが決まったために、逆に妙な取り巻きが増えて面倒くさいと話していた。綾人と遙はこの頃はなにをするにも一緒で、綾人は遙に、毎日のように里久の様子を訊くそうだ。それから意外だが、学園で清掃員をしている天野《あまの》も、綾人には何度か菓子や弁当をもらったらしく、

『里久が世話になってるからとか言ってたけどな、べつにお前のためじゃねえし！　って感じ。くれるもんはもらうけど。あいつ、俺から里久の様子聞きたいんだぜ。フェアじゃ

ねえから、一応、教えてやってるけどさあ』

と、話してくれていた。

だから今の綾人のことは漠然《ばくぜん》と知っている。けれどもう三週間近く顔を合わせていない。今頃どうしているのか、直接訊いてみたい気もするし、女王から聞いたように、綾人が里久を自由にさせてくれるというのなら、その御礼を言ったほうがいい。

いろいろと理由をつけたけれど、結局のところ、里久は三年前の手紙を読んで、綾人に対して申し訳ない気持ちにも、綾人の悲しみに少しでもなにかしてあげたい気持ちにもなり、落ち着かないのだった。

「便せんって、この机の引き出しにあるのかな……？」

里久はちょうど座っていた、机の引き出しを開けてみた。便せんと封筒はすぐに見つかり、ホッとする。けれど同時に、思ってもみなかったものも見つけてしまった。

それはたくさんの封筒の束だった。数は、さっき読んだ綾人の手紙と同じくらいある。すべての封筒に、『受取拒否』の判《はん》が捺《お》されており、差出人は里久で、宛先は綾人だ。

思わず眼を見開いてから、里久はそれがなにか気がついて呆然となった。

（こっちは本当に、おれが、綾人さんに書いた手紙だ。おれは綾人さんに手紙が届いてないと思ってて……綾人さんは女王さまが書いた手紙をおれからだと思ってたんだ……）

頭の奥が、鈍く痛む。自分が書いたらしい手紙の束を取り出し、机の上に広げてみると、最後の手紙は綾人がくれたのと同じく、二年前の春先のものだった。封筒をそっと開けて、中を見てみる。『綾人さんへ』で始まる手紙には、こんなことが書かれていた。

『お返事がもらえなくても、いつか届けば、いつか受け取ってもらえたらと思って書いてきましたが、女王様から、もう書いてはいけない、王になる綾人さんの、ご迷惑になると聞きました。なので、これを最後にします。でもこの手紙も、戻って来ちゃうかな。それでも、仕方ないですね』

駆け落ちのことなど、どこにも書いていない。

里久の手紙から溢れてくるのは、静かな、優しい憧れと思慕《しぼ》だ。これまでの綾人への感謝を綴り、これからも頑張ると書いて終わっている。

（おれは――……綾人さんが来てくれたことなんて、やっぱり知らなかったんだ……）

里久はしばらくの間、ショックを受けて、ぼんやりと部屋の中を見つめていた。

この小さな部屋で。淋しく、閉じた世界で。

綾人を想い、手紙を書きながら、外の世界では綾人が苦しみ、女王に揺さぶられ、脅《おど》されて悩み、里久のために一族を捨てようとまで思っていたことを、自分はきっと微塵《みじん》も知らなかったのだ。

そして綾人が里久を盗みに来てくれた日も、適当な理由をつけられて部屋を移され、なにを疑うこともなく他のベッドで眠ったのだろう。その間に、綾人の心が張り裂けているなんて、考えもしなかったに違いない……。

(かわいそうなの……)

自然と、里久は思った。

——かわいそうな綾人さん。一人ぼっちで闘っていたなんて。そして、張り詰めた糸が切れるように、ある晩すべて失って。

——かわいそうなおれ。愚《おろ》かで、子どもすぎて、世界に悪意があるなんて、ちっとも知らないで。大事な人を、守ることもできなかった。

どちらが悪いのか、大人たちが悪いのか。いや、誰も悪くはなかったのかもしれない。里久も綾人も、引き裂かれる運命に置かれていた。もともとそういう生まれだった。言ってしまえば、ほんのわずかに運が悪かっただけ。どれだけ想い合っていても、叶わない恋もある。

そしてあとにはただ悲しみが、ただ引き裂かれた痛みだけが、二人に残ったのかもしれない。

記憶がない今だからこそ、まるで物語を読むように、里久は自分と綾人、両方の気持ちに立つことができた。手紙を通して、昔の自分のことが、分かるような気がしてくる。

（本当はもっと……ちゃんと、役に立ちたかったはずだよね）

もっときちんと、綾人の痛みや苦しみを知り、分かち合い、力になりたかったはず。けれど昔の里久は、綾人に押し寄せていた運命の重ささえ知らなかったに違いない。無知で純粋で、それは悪いことではないけれど、結果的にはそのために、綾人を傷つけていたのだろう。それなら今、せめてできることを精一杯、綾人のためにしてみたい。そしてそれは本当は、綾人のためではなく、里久のためでもあるのだ。

また目尻にこみあげてきた涙を拭《ぬぐ》い、里久は便せんを一枚、とった。そしてそこに、少し迷ってこう書く。

『綾人さんへ

――三年前、おれが、本当に書いた一通めの手紙を、送ります』

綾人からの返事が届いたのは、翌々日のことだった。里久が出した手紙は、きちんと綾人へ届いたらしい。

逸《はや》る気持ちを抑えながら、届いたばかりの手紙を読む。綾人のきれいな文字で、昔の手紙と同じように、『里久へ』という言葉から始まっている。

『手紙、驚きました。送ってくれてありがとう。

女王から、以前俺に宛てられた手紙は、彼女が書いたものだと聞かされたばかりです』

そこで一度、感情が揺れたのだろうか。綾人の字は一瞬、乱れている。やがて一行開けて、気を取り直したように続けられている。

『三年前の手紙を読んで、思わず微笑ってしまいました。あんまり、十三歳の里久が可愛いので。お皿の絵を、五枚も描いたというのは本当だろうか。寒い一日で、くしゃみが出たとあったので、思わず執事に電話を入れて、加湿器を入れてくれと言いそうになり、今ではないのだと気づきました。

なにか困っていることはありませんか。あったら、相談してください。

改めて、送ってくれて、本当にありがとう』

短いけれど、読み終わると、里久の心はぽかぽかと、温かくなっていた。記憶をなくしてから、こんなふうに気持ちが和《なご》んだことはなかった。送ってよかったのだ、という思いが、胸の中に湧いてくる。昔の手紙を読んで、綾人は微笑った、と書いてくれた。ほんの少しでも綾人の気持ちを明るくできたかと思うと、嬉しかった。

（それにおれのこと、可愛いだって……）

十三歳の自分に言っているだけなのに、そんなことにも照れて、里久は一人で頰を緩める。早速、返事を書く。今度は二通目だ。

『一日に五枚もお皿の絵を描いたって、本当かなって、おれも思いました。あなたに褒められたくて、嘘をついたのかも。今日はくしゃみ、出ていません。二通目を送ります』

少し大きめの封筒に、書いたばかりの手紙と、三年前の、二通目の封筒を同封し、また、送った。今度の返事も、またすぐ翌々日に届く。

『里久がそんなに上手に、嘘がつけるかな？　二通目の手紙で、風邪が治ったと知ってホッとしました。珍しく庭先にレンゲが咲いていたんですね。イメージにすると、里久はレンゲとか、シロツメクサとか、そういう感じがします。今日は冷えるので気をつけて』

里久もすぐに返事を出した。

『レンゲやシロツメクサって、素朴ってこと？　以前のおれは、綾人さんのことを、どういうイメージだって言ってましたか？　三通目を送ります』

『素朴で可愛いという意味です。俺のことは、星や王冠だと。王冠と言われて、最初は戸惑いました。王になれと言う周りに反発していたので、里久も、俺が王にならなければがっかりするかなと。でも、里久は、自分が俺を好きなのは俺が優しいからだと言ってくれた。俺はとても嬉しかった。里久といると、いつも気持ちが楽になりました』

『綾人さんはとても悩んでいたんですね。気づけなくてごめんなさい。四通目のこの手紙で、おれはどうして、連休になっても会えないの、と書いてて……事情を知らなかったから、恥ずかしい。本当に子どもでした』
『里久はまだ小さくて、家に閉じ込められていたから、当たり前だと思います。俺もガキだった。どうやったら一緒にいられるか、分からなくて……。それに俺は里久の、子どもみたいなところも好きだったので、変わってほしくなかった。だからなにも相談できなかったんです』
『……そうなんですね。今になって昔の、互いの手紙を読んでると、記憶がないせいかもしれませんが、少し、冷静になっておれとあなたのこと、考えられるんです。
おれもあなたも、今より子どもで、仕方なかったですね』
そこまで書いて、里久は迷った末に書き足した。

『大人になったら、また、一緒にいられるようになるでしょうか。

いつか……いつか一緒に、また笑える日が……くるのでしょうか——……』


綾人との手紙の往復は、いつの間にか里久の日課になっていた。

手紙で知る今の綾人は、十六歳の頃の、天真爛漫《てんしんらんまん》に里久へ愛情を伝えてくれた少年とは違う。

記憶を失ってすぐの頃の、触れられることも怖かった綾人とも、違う。

最後に会った日、肩を落として里久の前から出て行った、悲しそうな綾人とも違う。今の綾人から伝わってくるもの。

それは後悔。いたわりと悲しみ。優しさと、口に出すのを憚《はばか》りながらなお、行間から滲み出るほどの、里久への情だった。

ただその情が愛情なのか、同情なのかは、里久には分からなかった。

（これから、おれとあの人は、どんなふうになっていけばいいんだろう）

里久はいつしか、そんなことばかり考えるようになった。

綾人には幸せになってほしいし、自分だって幸せになりたかった。行く先の未来のどこかに、どちらにとっても幸せになれる答えがあると、信じたかった。

とはいえ、記憶は相変わらず、戻って来ない。戻すことを考えると、やっぱりまだ怖い。手探りで、互いの関係の落ち着きどころを探している。そんなふうにして月日は流れ、いつしか、三月になっていた。

その日は天気がよかったので、里久は厚手のカーディガンを羽織って外へ出た。庭を散歩していると、土の柔らかなところにレンゲが咲いていた。

「珍しいー」

可愛い姿を見ると無条件に嬉しくなり、里久は微笑む。もしかしたら里久が昔手紙に書いていたレンゲも、このあたりで見つけたのだろうか。

その時冷たい風が吹いてきて、くしゃみが出る。ふと風に乗り、甘い匂いが香《かお》ってきた。同時に誰かが後ろから、里久の首に柔らかなマフラーを巻いてくれる。

驚いて振り向いたら、そこにいたのは綾人だった。

「たまたま通ったら……いたから。ごめん、話しかけるつもりはなかったんだ……」

咄嗟に言い訳をした綾人はラフな私服姿で、寒くないのか、トレンチコートの前を開けていた。金色の髪と眼が、春の穏やかな陽射しにきらきらと光って、白《しら》んで見える。

「採血をしに来ただけなんだ。もう帰るから、じゃあ、風邪ひくなよ」

どこか慌て、たじろいだ様子でそう言う。視線をうろつかせ、落ち着きがない。

どうしてなのだろう。手紙を交わし合うまでは会うと緊張し、怖かった綾人が、里久は今、前ほど苦手ではなくなっていた。

手紙を通し、綾人のことを知ったからだろうか？

慌てて背を向け、帰ろうとする綾人を、だから里久は思わず呼び止めていた。

「綾人さん。急いでないなら……お茶くらい、しませんか？」

立ち止まり、里久を振り向いた綾人の表情はというと、驚いたような困ったようなものだ。それが端整な顔に似合わず、里久は気が緩み、少しだけ微笑むことができた。

　里久の部屋にあがってからも、綾人は落ち着かない様子だった。この頃、里久は自分の身の回りのことはなるべく自分でしているので、お茶も台所からお湯をもらって出した。

「いいのか……？　俺と会って。天野が、怒らないか？」

　訊かれて、里久はびっくりした。こんなに体の大きな綾人が、小さな天野のことを気にしているのがなんだかおかしい。

「天ちゃんは……最近は、綾人さんの話結構してくれますよ。学校で会うんですよね？　文通してるって話したら、『乙女かよ！』って言われました」

　そう言うと、天野らしいと思ったのだろう、綾人が口の端で小さく微笑んでくれた。けれどその後は、二人、ティーテーブルで向かい合ったきり、会話がなくなってしまう。

（なに話したらいいんだろ……話すことがないや）

　今さらのように気がつく。共通の話題というと手紙のことくらいだけれど、わざわざ口に出すほどのことでもない。

「……大学は、学園の持ち上がりですか？」

　だからとりあえず、そんなことを訊いてみた。すると意外なことに、綾人は「いや」と言って、首を横に振った。

「実は急遽《きゅうきょ》、地方の大学を受けたんだ。卒業式が終わったら、そっちに行く」

「……そう、なんですか？」

てっきり学園の付属大学へ行くものだと思い込んでいた里久は、驚いて声が上擦ってしまった。どうしてなのだろう、言葉にできないもやもやとした感情が湧いてきて、自分でも戸惑う。

（なんだろ……おれ、動揺してる？　綾人さんが、遠くに行くって知って……）

「でも、どうしてそこに？」

　内心の気持ちを隠し、つとめて平静に訊く。すると「飛び級のある大学だから、二年くらいで卒業しようかと思って」という答えが返ってきて、里久は眼を瞠った。

「早く社会に出て、一族の会社に入ろうかと思ってる」

「……そんな、だって、会社に入ったら大変なんですよね？　四年間は楽しんだほうが」

　以前女王から聞いた話だと、綾人は経営難の子会社の立て直しをさせられるらしい。できなければ責任をとらされ、できても、またすぐ別の子会社へ出向させられるような話だった。地方の会社も多いだろうし、なにもそんな苦労をさっさと背負《しょ》い込まなくても、と思ってしまう。

「……心配しなくても、どこからでもちゃんと採血には通うから。お前は、好きなように生きてくれたらいいんだ」

　綾人は口の端だけで里久に笑ってみせ、安心させるように言ってくれた。けれど里久はそんなことを気にしてはいなかった。むしろ、どうしてそこまで……と、思う。

「そんなに、責任を感じなくてもいいのに」

　里久には、分からないのだ。記憶にないのだから。けれどそう言うと、綾人はティーテーブルの上に置いていた片手を、ぎゅっと拳《こぶし》にして、苦しげに眉を寄せた。

「そうはいかない。おれは……お前にひどいことをした」

　呟き、綾人が一瞬、感情を抑え込むように眼を閉じて開く。

「……女王が書いた手紙を、俺はお前がくれたものと信じて、勝手に裏切られたと思ってた。そのうえ、お前が学園に来たのは、俺を王にしたがってるからだと思って、他の男をパートナーにして平気なんだと決めつけた。俺のことはやっぱり、恋愛対象じゃなかったのかと……さらに腹が立って……自分でも、抑えたいのに抑えきれず、お前にひどいことばかり」

　そこで一旦《いったん》言葉を切り、綾人は辛そうに唇を震わせる。

「俺はお前に、冷たくした……優しく、したかったのに」

　その悲痛な声に、里久はなにも言えなくなり、口を閉ざした。

「俺はいつも思ってた。……お前が俺を慕《した》ってくれたのは、ただ、俺が最初に会ったクロオオアリだからじゃないかって。再会した時優しくできなかったのは、お前より女王の言葉を信じたからだ。お前は俺でなくてもいいんだと思った。……二年前お前を盗みに行って、でも裏切られたと思い込んだのがあまりに辛かったから、もう二度とあんな思いはしたくなかった。だからもうお前を想わないようにしようと、必死だった」

綾人の言葉を聞くうちに、里久もまた、拳を握りしめていた。

小さな声で、「俺の世界は、お前がすべてだったから……」と綾人は呟く。

(記憶のない間、おれとこの人に、なにがあったんだろう……)

里久は初めて強く、失った記憶を思い出したいと感じた。そうすると、怖い気持ちが湧いてくる。心の中がざわめき、落ち着きをなくす。けれど同時に、ちゃんと思い出せたら、もっと綾人のことが理解できるのではと思った。そうすれば、この人を苦しみから助け出せるかもしれない。もっともっと、綾人の役に立てるかもしれないと思った。

どうしてなのか自分でも不思議なほど、里久は綾人の役に立ちたかった。眼の前で傷ついている綾人に、幸せになってほしい、笑っていてほしいと思う気持ちが胸に溢れてくる。

「おれはなにがあって、記憶をなくしたんですか？　天ちゃんは……思い出したら辛いだけだってよく言うんです。その辛いことって、なんですか？　教えてほしい」

里久は意を決して、そう言った。綾人が驚いたように顔をあげ、どこか困ったように、瞳を揺らす。この質問は残酷だと、里久にも分かっている。綾人を罪悪感に陥《おとしい》れている原因を、口にしろと頼んでいるのだから。けれどそれでも、聞いてみたい。

「俺はお前に……会いたくなかったと言った」

やがて綾人は、かすれた声で答えてくれた。

言った後で、その言葉に自分で傷ついたように、唇を噛んでいる。

「それから、お前を見つけなければ良かったと言って……お前と出会ってなければ、俺は、苦しまなくて済んだと言って……」

綾人がうなだれ、声を揺らす。

「お前のくれた皿を割ったんだ。全部、全部割った……やめてと、お前に言われたのに。お前のことが大事だったのに、俺はお前を傷つけた。役に立ちたいと言ってくれたお前に、俺は……それなら、消えてくれと言ったんだ」

うつむいた綾人が、大きく背を震わせた。

里久はその言葉に眼を瞠り、息を呑み込んだ。今聞くだけでもきつい言葉に、呆然とする。綾人は泣きそうな顔で「本気じゃない」と弁解した。

「本気じゃなかった。お前は俺を苦しめたくないと言った。でもお前がいる限り、俺はお前が愛《いと》しくて、愛しいのに手に入れられなくて、苦しむ。だから口が滑《すべ》って……でも、最低だった。俺が消えればいい」

綾人はもう一度、俺が消えればいい、と繰り返した。

「俺は……俺は、お前に顔を合わせる資格なんか、本当はもうないんだ――」

感情的な声だ。悲しみではなく、後悔でもない。綾人のそれは、自分への怒りにかすれている。その大きな背が、子どものそれのように頼りなく、わななないている。

「……だから、地方の大学を受けたの……？」

綾人はなにも言わなかったけれど、里久には答えが分かっていた。

この人は、自分から遠ざかろうとしている。それが、罪滅《つみほろ》ぼしだと考えている。

「俺は採血に通う。……お前は、いつか好きな人ができたら、そいつと一緒になればいい。俺はもう、お前に許してもらう資格もない。思い出してほしいとは、言えない」

「どうしてそこまで……？　半分は、病気のせいもあったんでしょう？　それに思い出したら、おれは許せるかもしれないのに」

思わず、里久は身を乗り出していた。けれど綾人は、首を横に振る。

「病気じゃなくても、俺はお前を傷つけたと思う」

うなだれて顔にかかった綾人の髪の間から、涙が落ちてくる。それを見て、里久は息を止めた。

「お前に、思い出してほしくない。思い出してほしくないんだ」

絞り出すように、綾人は言った。

「お前がどれだけ辛かったか、少しは分かる。思い出したら、もう一度あんな思いをさせる。もう二度とあんな気持ちを、味わってほしくない」

綾人の涙は、窓から射し込む光に照らされ、きらきらと光って落ちていく。金髪も、同じように白く、光っている。

（きれい……）

と、里久は思った。綾人の髪は、まるで頭に、王冠をのせているようだ……。

「どうしてあんなことしたんだろう……俺はお前が好きだった。お前といると、優しい気持ちになれた。ずっと優しくしたかったのに……」

——優しい気持ちになれる。

そんな言葉を、どこかでも聞いた。いつ、どこでだっただろう。優しくなれる。優しくなれるから、好きなのだと。その言葉自体が、その理由自体が、なんて優しいのだろうと思う。けれど、里久には思い出せない。

「幼くて、無知で小さくて……可愛い人形みたいだった。お前に、変わってほしいと思ったことは一度もない。そのままで、そのままのお前で、俺が、真綿《まわた》でくるむみたいにして、守ってやれたら……ずっと、そう思ってた。つるバラのテラスに盗みに行って……もし盗めたら、死ぬほど働いて、幸せにしようと思ってた。十六歳の俺には無理だと、心のどこかでは分かってたのに」

不意にたまらなくなったように、綾人が顔をあげる。赤くなった眼に、涙がいっぱいに溜まっている。堤防が崩れたように、その涙が、綾人の頬をぼろぼろと伝う。

（そうだったの……）

里久は綾人の気持ちが、自分の心の中に流れ込んできて、すべて理解できるような、そんな気さえした。

綾人は本当に里久を好きでいてくれた。だからこそ裏切られたと思って憎み、家に縛られて苦しみ、それは怒りとなって里久を傷つける言葉と行動になったのだろう。里久は綾人にとても傷つけられたのだろう。けれど同時に綾人も、底知れぬほど孤独だったのだ。

綾人はうつむき、嗚咽《おえつ》を漏らし始めた。その王冠のようにきれいな髪や、震えている指と背を見つめて、里久は許してあげたいと思った。そうしてこの人に、優しくしてあげたいと。

三年前の手紙からは幼い里久が語りかけてくる。綾人を好きだということ、愛しているということを、うるさいほどに、何度も何度も。

(一緒に……生きていきたい。三年前のおれは、そう思ってたんじゃないのかな……)

ただ、それだけ。そのためなら、きっと守られているだけじゃなく、変わることもできたはずだ。綾人一人で、闘うことはなかったのに。

(でもおれもただ、待ってるだけ……だったんだろうな)

自分の足で立って、つるバラのテラスを抜け、綾人に会いに行っていたら。なにか変わっていただろうかと、思っても詮《せん》ないことを里久は思う。

小さな世界の中で、以前の里久はきっと多くのことを諦めていた気がする。一緒に生きていきたいと願いながら、その気持ちを押し込めて、一度も綾人に自分の言葉でその望みを伝えなかったのかもしれない。

今となってはどう言葉を紡《つむ》げば綾人を慰められるのか、里久には分からなかった。記憶がないままの自分が許しを伝えても、綾人はきっと受け入れてはくれない気がした。

一緒に生きていきたい。

それが互いの、本当の願いだったはずなのに、今になって離れていこうとしている自分たちが悲しい。

それでも少しでもなにかしてあげたくて、里久は気がつくと、そっと手を伸ばしていた。

綾人の頭へ触れると、金髪は柔らかく、撫でると、甘い蜜のような香りと一緒に、日向《ひなた》の匂いが立ち上る。触れられた綾人が、ハッとしたように肩を揺らし、身じろぐ。「大丈夫」と、里久は言った。

「……大丈夫。おれ、もう、あなたに触るの、怖くないんです」

綾人が怯えて離れていってしまわないよう、里久はできるだけ優しい声で言う。

（過去は変えられない。それでも……できることなら今からでも、ちゃんと自分の足で立って、生きてみたい）

ふと里久は、強く思う。自分は、幸せにならなければいけないのだと。自分が幸せになることだけが、今綾人にしてあげられる唯一のことのような、そんな気がする。

クロシジミで、クロオオアリの助けがなければ生きていけない。それはとても特殊なようでいて、本当は大したことじゃないように、初めて感じた。大きな体でたくさんの能力に恵まれた綾人でさえ、たった一人で誰の助けも借りずに闘ったせいで、傷ついて苦しんでいる。本当は誰だって、誰かの助けがなければ生きていくのは難しいのだ。

今、里久は綾人に蟻酸をもらい、綾人に助けられて生きていられる。

慰める言葉も、許してあげられる力も、記憶のない自分には無理でも、幸せになることはできるはず。そうすれば、その時には綾人に向かって、笑って言える。

（あなたのおかげで、ちゃんと幸せだよって。何年かかるか、分からないけど……）

その時、綾人もまた、ほんの少し幸せになってくれるかもしれない。

いつしか、窓の外からは柔らかな西日が差し込み、日に照らされた二人の影が絨毯《じゅうたん》の上に長く伸びていた。

綾人はじっとして、里久に頭を撫でられるまま泣いている。里久は綾人からこぼれ落ちてくる涙が、昼下がりの光に反射してきらめくのを、優しい気持ちで見つめていた。

十一

三月の中旬、綾人《あやと》は高校を卒業して、地方の大学へ行ってしまった。季節は六月になり、春の陽気も初夏の暑さに変わりつつあった。

その日、里久《りく》は執事から一通の手紙を受け取った。切手も、郵便局の捺印《なついん》もないそれは綾人から里久に宛てられたもので、

「つい昨日、綾人様が採血にいらしていた際、ついでだからとお持ちになったそうです」

と説明された里久は、綾人と文通を始めてから四ヶ月めにして、初めて、はっきりと淋しい気持ちを感じたのだった。

（せっかく来てたんなら、会いに来てくれてもいいのに）

わざわざ執事に渡さないで、直接届けに来てほしかった、といじけたような、落胆したような気持ちが湧き、そんな自分に、里久は少し驚いてしまった。

里久の記憶は相変わらず戻っていないが、綾人との文通は続いている。

里久が書いていた古い手紙はすべて送ってしまったので、今は互いの生活について他愛

のない報告をしあうだけだ。大学入学当初の綾人は、里久との関わりをなるべく絶つつもりでいたらしいが、それは嫌だからと里久から頼み込んだ。

『文通だけでも、続けましょう。……他に好きな人ができたら、ちゃんとやめますから』

そう言って、やっと納得してもらった。けれど里久に、好きな人ができる気配はない。

綾人は毎週帰ってきては、里久の注射のために採血してくれている。里久の注射は週一回のペースで、そうするとかなり体調がよかった。けれど綾人が里久のところを訪ねてきてくれたことは一度もなく、里久は綾人と、もう三ヶ月ほど会っていない。

もちろんそれを責める権利は里久にはないし、綾人が里久から離れようとしているのも知っていたから、これまでは会いに来てほしいなどと考えないようにしていた。

けれど執事を介して手紙を渡された今、里久は想像以上にがっかりした。

自分でもなにを残念に感じているのか分からないまま、封筒を開ける。いつもどおり、綾人の手紙は里久の体調や日常生活を労《いたわ》るもので、最後に『大学の写真を送ってほしいとあったので、送ります』と書かれており、一枚の写真が同封されていた。

それは大学のキャンパスで、綾人が友人らしき数名のハイクラスに取り囲まれているものだった。星北学園では途中で急激に容姿が変化したせいで、周りから人が離れてしまったようだが、新しい大学ではまた人気者になっているらしい。根っから面倒見のいい綾人のことだから当然だけれど、里久は少しホッとする。

けれどそのすぐあとで、胸がざわめいた。写真の真ん中にいる綾人の隣には、きれいなハイクラスの女性が並んでいて、写真からははっきり分からないけれど、綾人の腕に触れているように見えた。思いがけず、里久の胸は大きく跳ね上がった。

もしかしたら、恋人ではないのかと思う。すると心臓がドキドキと嫌な音をたて、ついさっき感じた淋しさや落胆と一緒に、里久は不安になってきた。

(なにこれ。どうしておれ、こんな気持ちになってるんだろ?)

突然の不安に、里久は自分で自分の心を持てあまし、困ってしまった。

「それ、明らかに恋だろ。お前、有賀《ありが》綾人が好きなんだよ」

里久の眼の前で眉をしかめ、半分呆れたように言ったのは天野《あまの》だった。

「こ、恋……!?」

天野に言われた里久は、顔を真っ赤にして上擦《うわず》った声を出した。

里久は先日、綾人が手紙だけ寄越《よこ》して会いに来てくれなかったこと、そして同封されていた写真の女性に不安を覚えたことを話したところだった。

ちょうど里久は、天野の家の近くの喫茶店でお茶をしているところだった。綾人の手紙を受け取ってからというもの、気持ちが晴れず、返事も書けなかった里久が、話を聞いてほしくて天野を誘ったのだ。

里久は電車に乗って、一人で天野の家の近くまで来ていた。この頃の里久はこんなふうに、自由に外出を楽しんでいる。通信教育で高校の勉強をしたり、携帯電話も買って、天野と遙だけだがメールも交わすし、インターネットの使い方も知った。

アルバイトは許してもらえなかったが、里久名義の口座を作ってもらえ、毎月、そこに一定のお小遣いが入るようになった。申し訳ないと恐縮したら、特殊体質のクロシジミには毎年国から補助金が下りているらしく、それを分割して振り込んでいるだけだという。以前は毎日部屋に来ていた執事も、今は里久を放っておいてくれている。用がある時は里久から行くのでいいと断ったからだ。

「で、でも、そんな、おれ、あの人のことよく知らないんだよ？　記憶も戻ってないし」

天野に言われた恋という言葉に、里久はおろおろした。そんな里久に、天野がため息をつく。

「まったくだぜ。お前ってさー、結局、あいつのこと好きになるようにできてんのな」

顔はまだ熱かったが、天野の態度がまるで「お前が綾人を好きなんてなにを今さら」と言わんばかりなので、里久は一人で騒いでいるのが恥ずかしくなり、口をつぐむ。

それにしても、自分が綾人に恋をしていると考えると、里久は落ち着かなかった。たしかに記憶がないとはいえ、長い間自分が片想いをし、体の関係もあったらしい相手だ。里久だって綾人のことは強く意識している。今でも、綾人から手紙が来るとウキウキするし、毎日なにか目新しいことがあるたび、今度このことを手紙に書こうと考えたりする。それに綾人に褒められたくて、通信の勉強を多めにやったりするような日もある。地方大学での、綾人の友人や知人、教授の名前まですっかり覚え、時々、恋人や好きな人ができていたらどうしよう……と考えて、不安になったりする。そして綾人の手紙が二日にいっぺんの頻度で届くたび、里久はホッとしていた。

だからといって、自分が綾人に恋をしている、と思ったことはなかった。

天野は「大体なあ」と里久が見せた、綾人の大学の写真を持ち上げた。

「これ、ゼミの仲間ですって書かれてるのに、ちょっとアイツに女の子が触れてるかもってだけでモヤモヤしてんだろ？　それって、ヤキモチだろ」

「や、やきもち……!?」

里久は後頭部を、なにか重いもので叩かれたようなショックを味わった。ヤキモチなど、自分に関わりがあるとは思えなかった感情で、「でも天ちゃん」としどろもどろに呟《つぶや》く。

「おれ、本当は手紙の中の綾人さんしか知らないでしょ。それだけで好きになることあるのかな。まともに会ったのなんて数回だし、そのうちほとんどは怖かっただけだし。もっと会ってみないと……分からないよ」

自分の気持ちを素直に言うと、「じゃあ、会いに行けばいいじゃん」と軽く言われて、里久はびっくりしてしまった。

「ていうか、さっきから聞いてたら、お前らって文通してるだけ？　綾人のやつ、お前の注射のために毎週こっち戻って来てるってキツいだろ。お前の腕、直接嚙めば終わるんだから、たまにはお前から行ってやれって」

そんなことまで言い出した天野に、綾人の評価も変わったものだと思う。天野は今も時折、携帯電話のメールで綾人と連絡をとるらしい。内容は里久のことばかりだというが、この頃の天野は綾人にひどく同情的だった。

「住所は手紙で分かってるんだろ？　会いたくねえのか？」

追い込むように言われ、里久はカフェオレのマグカップを両手で持ちながら「そりゃ、会いたいけど……」と口の中で呟いた。

会いたい。会いたい気持ちは嘘ではなかった。会わないで三ヶ月、文通をしているのも楽しいが、もしもう一度会えたら、以前よりもっと親しくなれるのではと思う。けれど綾人のことを好きなのでは、と指摘されると、緊張し、顔が熱くなってくる。

「でも天ちゃん、前は、おれと綾人さんのこと絶対認めないって言ってなかったっけ？」

ごまかすように言うと、「そうだけどさあ」と天野が頰を膨らませた。

「あいつ、本当はお前が来る前にグンタイアリの血が出てることとバレて、廃嫡されたかったんだろ。それってさ、結局里久とパートナーになりたかったからだと思うんだよ」

里久にもそれは、予測がつく。

「なのに王になれってお前に学校来られたら、頭に血がのぼるかなって。ただでさえそういう病気だったんだし。だから許されるとも思わねーけどさ、もう今はあいつも変わったっていうか、元に戻ったみたいだし。それに、お前の記憶喪失って心因性《しんいんせい》だろ。綾人のことが怖くなくなったんなら、思い出せないのって……なんで？　やっぱり、辛い記憶だって思うから？」

訊かれて、里久は黙ってしまった。どうしてなのか、自分でもうまく説明ができないのだ。この頃では、たびたび記憶を思い出したいと思うようになった。もしすべて思い出せれば、もう一度綾人と話し合い、あれほど苦しんでいる綾人を許してあげられるのだ。それなのにやっぱり、里久はなにも思い出していない。

（でも……おれが綾人さんを許してあげたい——なんて考えるのも、やっぱり綾人さんが好きだからなのかな……？）

結局思考がそこに戻ってくると、里久はまたそわそわする。

「ま、無理に思い出すことじゃねえよ」

黙った里久を見て、天野は余計な口出しをしたと思ったらしい。そう言って、軽く会話を切り上げてくれた。それから「記憶のことは置いとくとしても」と、続ける。

「お前、今度は誰も邪魔しねえんだから、好きかもって思うなら、自分から行動しろよ。

じゃねーと、とられるぞっ」

　びしっと指をさされて叱咤され、里久は思わず、テーブルの上の写真を見直してしまった。人に囲まれた綾人を見ていると、里久の中にも不安が湧いてくる。

「大体さ、綾人からは手ぇ出せねえだろ。あいつ罪悪感の塊だぞ。お前から動かねえと、なにも変わんねえんだから」

　飲み終わったカフェオレのカップを置いて、天野が言い聞かせてくる。

「会いに行って、自分の気持ち確かめて、好きって言え。じゃないとお前ら、ずーっと離れ離れだぞ」

　――好きと言わないと、ずっと離れ離れ。

　その言葉に、里久は胸が突かれたように感じた。咄嗟に、それじゃ淋しい、と思った。淋しい。綾人とこのままずっと会えないと考えると、ただ淋しかった。有賀家の屋敷の片隅で過ごしながら、自分は、いつまでも来ない綾人を待つのだろうか？　会いに来てくれたらいいのにと、自分ではなにもしないでいじけているのだろうか……？

（……でもそれじゃ、昔のおれと、変わらないかも？）

　その時天野が、思い悩んでいる里久を励《はげ》ますように、微笑んでくれた。

「昔のお前にはできなかっただろうけど、今のお前は、自分で会いに行けるだろ？」

天野と話し合った翌日から、里久は数日、綾人に会いに行くか悩むことになった。

綾人に、会いたいか？　自分にそう問いかけると、会いたい、と思った。けれど綾人を好きだと知るのは、怖い気もする。ただ思い悩んだ結果、小さな部屋の中で、あれこれと想像を巡らせても仕方がない、やれることならやってみよう、と決めた。

結局、里久は執事に今週の金曜日、綾人のところへ行くと告げた。執事は驚いていたが、当日新幹線の駅までなら、車を出すよう手配する、と言ってくれた。

「切符も用意いたしますか？」

「いいえ、自分でやってみたいので、大丈夫です。インターネットで買えるみたいだし」

里久が言うと、執事はなんだか珍獣でも見たような顔で「そうですか」と引き下がった。この頃、里久があれをしたい、これをする、と話すと、執事は大体こんな顔になる。たぶん昔の里久はこんなふうに積極的ではなかったようなので驚かれているのだろう。

小遣いで買った型落ちのノートパソコンでなんとか切符を手配し、あちらの都合もあるだろうから、念のためホテルもとった。すべて初めてのことで、それだけで緊張し、始終ドキドキしていた。

里久は綾人に報《しら》せようかな、と考えてやめにした。なんとなく、まだ自分の気持ちに向き合うのが怖くて、逃げ道を残しておきたかったのもある。いざとなれば会わずに戻ってくればいいと思ったのだ。それと同時にほんのちょっとだけ、綾人をびっくりさせてもみたかった。旅行の手配をし、一人で会いに行ったら綾人は驚くだろうし、

（褒《ほ》めて、くれるかも……）

とも思った。すると緊張とは違う気持ちでドキドキする。こんなことで不安になったり嬉しくなったりしている自分が不可解で、そして少し恥ずかしかった。

二日後の金曜日。里久は朝から屋敷を出て、生まれて初めて新幹線に乗った。しかも、たった一人でだ。

綾人の大学は関西方面の国立大学だ。難関で有名な大学だったが、街中からは少しはずれた場所にあり、在来線に乗り換え、最寄《もよ》りの駅に着いてみたら、想像よりずっとのどかな景色が広がっていた。駅前の交番に寄って、綾人の手紙の住所を訊くと、大学近くのマンションだそうだ。歩いても十五分ほどだという。

時計を見ると、午後三時。大学の授業があるだろう綾人のことを考えると、まだ部屋に戻っていないかもしれないと、里久はゆっくり徒歩で向かうことにした。

小さな商店やアパートなどを横目に、交番で描いてもらった地図を頼りに歩いていると、ちらほら、学生らしいハイクラス種の人たちとすれ違った。けれどロウクラスの姿もずい

ぶん多く、有賀家の屋敷がある環境と比べたら、かなり庶民的な雰囲気の町だった。

ここに綾人が暮らしていると思うと、我知らず胸が高鳴り、緊張と、早く会いたい気持ちと、会うのが怖いような気持ちで里久はそわそわしていた。

(や、やっぱり帰ろうかな)

途中で、里久は怖じ気づいた。綾人と会って自分の気持ちがはっきりしても、なにを話せばいいのか分からない。頭の隅っこには「好きって言え」という天野の言葉がこびりついていて、思い出すたび里久を緊張させていた。

ちょうどその時、行く手にオープンカフェが見えてきた。外から見るとテイクアウトのケーキもあるようだったので、里久はここでお持たせを買おう、と思いたった。ほとんど時間稼ぎの悪あがきだったが、入ってみると、おしゃれなカフェの店内には、学生らしい若者が、友人同士で談笑したり一人で本を読んでいたりして、賑《にぎ》わっていた。

もしかすると綾人と同じ大学の学生かもしれない。みな背が高く、賢そうなハイクラスの人たちだ。国立だから学費は安いそうだが、難関大なので、当然、学生の比率はハイクラスが多いと聞く。

「あの……ここって、K大の人たち、よくいらっしゃるんですか？」

カウンターで対応してくれた女性におずおずと訊くと、思ったとおり、客のほとんどがそうだと教えてくれた。里久はさらに勇気を出して、「お客さんの中に、金髪で、金色の眼の人って……いますか？」と訊いた。こんなことを訊いている自分の必死さが恥ずかしく、頬がかあっと熱くなる。すると店員の女性は「ああ！」とニッコリした。

「グンタイアリさん？　すっごくかっこいい、王子様みたいな人ですよね？　いらっしゃいますよ、甘いものがお好きみたい。よく、ケーキセット頼まれるんです」

（あ……綾人さんだ）

日本に、グンタイアリだと思われる外見の人などそういないだろうから、綾人に間違いない。本当はクロオオアリなんですよ、とも思ったけれど、それよりも嬉しさと恥ずかしさがないまぜになった気持ちで、里久はドキドキしてきた。

綾人が王子様みたい、と言われているのは嬉しかったし、甘いものが好き、という新しい情報も知って妙に気持ちが浮ついた。同時にそんな自分に驚き、戸惑ってしまう。

「あの、あの、その人がよく食べるケーキ、もらいたいんです」

真っ赤な顔で言うと、店員の女性は里久を片想いしている相手とでも思ったのか、くすくすと笑って「分かりました」と、頷いてくれた。

「ハイクラスなのに気さくで、素敵な人ですよね。お客さんも、テラスに座ってるところ見てファンになっちゃったんでしょう？　時々、そういう子、来るの」

箱にケーキを詰めながら、店員の女性はちらっと、店の奥のテラス席のほうを見た。つられて見ると、テラスの欄干《らんかん》にはバラのつるがいっぱいにからまっていた。今も小さな花が、ちらほらと咲いている。

「あのつるバラのテラス席が、あの王子様の指定席なんです。でも、残念。恋人がいるみたいですよ」

「……えっ」

里久は舞い上がっていた気持ちが、急に地に落ちていくような——そんな気持ちになっていた。心臓が嫌な音をたて、無意識のうちに拳を握っていた。

(もしかして……やっぱり、あの、写真の女の人?)

そう思うと、眼の前が暗くなるような気がした。べつに自分と綾人は付き合っているわけでもないのに、今こうしてはっきりと「恋人がいる」と聞かされて、底なしの穴の中に落ちていくような気持ちだった。そんな里久にも気づかないのか、店員の女性は「お手紙書いてるんですって」と付け足す。

「二日に一度いらっしゃるんですけど、毎回書いてるの。他のバイトの子が言うには、いつも写真持ち歩いてるそうでね、黒髪で小柄の、ロウクラスの男の子だって。もう来るたび、その子にあててお手紙書いてるらしくて——相手は、東京に住んでるそうですよ」

残念ですよねえ、と店員の女性が笑う。

「その子のこと、すっごく好きみたい。写真見ながら、四六時中《しろくじちゅう》ため息ついてるって……バイトの子が一度、遠恋ですかーって訊いたら、もう七年以上、その子だけが好きなんだって話してくれたみたい。あんな素敵な人が純愛って、ちょっと可愛いですよね？」

二日に一度、手紙を書いている、東京にいる、黒髪の、ロウクラスの男の子？

そんな相手は、たった一人しかいるはずがない。里久の頬には、一瞬失われていた赤みが、またいっぺんに戻ってきた。

ケーキをもらい、代金を支払うと、慌てて店を出る。

（あの写真の人が恋人じゃなかった。だけど、だけど……綾人さんが好きなのって）

まさかと思いながら、胸がいっぱいになる。振り返るとさっきのテラス席が見える。つるバラとテラスは、二人にとって思い出の代名詞みたいなものだ。

綾人はある日ふとあの席を見つけ、思い出に駆られて、このカフェに通うようになったのかもしれない、というのは、いくらなんでも都合良く考えすぎだろうか？

けれど綾人は、そこで里久の写真を見ながら手紙を書いているのだ。他人にそれを見られて、恋人に恋い焦がれている姿が可愛い、なんて言われている。しかも七年以上、その子だけがずっと好きだと話していたという――。

（綾人さん、綾人さんは、記憶がなくなった俺でも、好きでいてくれてるの？）

そうなのかもしれない。綾人は今でも、里久を愛してくれているのかもしれない。

もしそうなら嬉しい、と里久はその時、思ってしまった。

自分は綾人に好かれたら、嬉しいのだと気がつくと、里久はあまりにドキドキして、息ができなくなりそうだった。

道の真ん中に立ち止まり、真っ赤になった頰を押さえる。ときめきはおさまらず、瞼《まぶた》の裏に綾人の姿が映ると、それだけで会いたい気持ちが湧いた。この町に着く前より、その気持ちはもっとずっと強くなっている気がする。

――おれ、綾人さんのこと、もしかしたらすごく、ものすごく……好きなのかな……？

本当はとっくに、綾人さんに、恋をしていたのかな――。

天野に言えばまた、なにを今さら、と呆れられそうなことを思っていると、ふと、頭上から滴が落ちてきた。

見上げると空にはいつの間にか黒雲が押し寄せてくるところだ。そして瞬く間に激しい雨が降り出した。雨にあてられた里久はやっと我に返り、慌てて買ったばかりのケーキの箱をモッズコートの下に庇《かば》った。綾人のマンションまではもうすぐのはずだから、このまま行こうと走り出す。

けれど視界が悪くなり、焦っていたせいで、何度か道を右往左往《うおうさおう》してしまい、結局、綾人のマンションの前に着いた時には、里久は頭から足の先までずぶ濡れになっていた。

目的のマンションはまだ新しいオートロックの四階建てで、学生が住むにはやや贅沢《ぜいたく》な感じだ。とはいえ、有賀家の本家筋、それも王種が住まう部屋にしては、ごくごく庶民的な建物でもある。

少し緊張しながら部屋番号を押したけれど、インターフォンを鳴らしても、綾人は出てこなかった。綾人はまだ大学なのか、何度か押してみたけれど、やはり誰も出なかった。管理人室を覗いてみたものの、管理人はちょうど席を外しているらしく、いない。

そのうち背筋が寒くなってきて、くしゃみが立て続けに三回出た。

エントランスから道のほうへ顔を向けると、まだ雨が激しい。人影も見えず、里久は仕方なく出入り口の隅っこに身を縮めるようにして立ち尽くした。長旅の疲れに襲われると、突然現実に引き戻されたように気持ちが落ち込んできた。

(早く会いたかったのに……)

ちょっと待たねばならないだけでしょげているのが、自分でもとても滑稽《こっけい》に思えた。こんなふうに沈むのも、綾人が好きだからなのかと、壁に凭れながら里久は小首を傾げる。

「……里久！」

その時だった。どこからか聞こえてきた声に、里久は思わず壁に凭れていた背を起こした。道の向こうに、青い傘と金色の髪、金色の眼の、男の姿が見えたのだ。

男は驚いたような顔で駆けてくる。それはものすごいスピードで、とうとう傘を放り投げ、エントランスに走り込んできて、

「里久！　なにしてるんだ、一体。風邪ひくだろ……！」

自分の首に巻いていていた薄物のストールを、里久の首に巻いてくれる。里久はとたん、息

が詰まり、心臓が大きく高鳴るのを感じた。

それは、懐かしい綾人だった。端整な顔に心配を滲《にじ》ませ、労るように里久を見つめている、綾人だった。

実際に綾人の姿を見たとたん、それまで冷え切っていた体に、突然熱い血潮が駆け巡っていったように、里久の体は温かくなった。

(好き)

そしてその気持ちが心の奥に、なんの前触れもなく、突然湧き上がってきた。

好き。この人が好き。おれは、綾人さんが好きなんだ——。

頬に熱がのぼってくる。綾人の腕にしがみつき、里久はもうなにも考えられず、天野に告白しろと言われてできるわけがない、とたじろいでいたことも吹き飛び、ただただ勢いだけで「好き」と口走っていた。

好き。好き、好き、好き。好き。

それは、気持ちが溢れたからだった。言葉にして出してしまわなければならないほど、あまりに好きという気持ちが膨らみすぎたからだった。そして一度口にすると、もう止まらなくなった。

「好き……好き。綾人さんが好き。好き、おれは綾人さんが、大好き、大好き、大好き」

声にしたとたん胸が苦しくなり、眼に涙がこみあげてきた。

体が震え、里久は一度、ぎゅっと眼をつむった。頬をぼろぼろと涙が伝う。

一体、自分でもどこにこんな大きな感情を隠していたのだか、分からないくらいだった。

──好き、好き、好き。

熱くて巨大な波のような、綾人への「好き」が、心の中から迸る。

「好き。好き……好き。好きなんです。大好き……」

言わなければ、この気持ちに頭まで埋められ、窒息して死んでしまいそうな気がした。

呆けたように里久を見つめている綾人に構わず、里久は好き、好き、と繰り返した。

言いながら、里久は気がついた。これは昨日今日、できあがった気持ちなどではない。

きっと忘れていただけで、綾人と出会ってからの八年近い年月の間に、里久が育ててきた感情に違いなかった。記憶は戻って来ないのに、その気持ちだけがこの数ヶ月の間に、手紙を交わして育《はぐく》んできた愛情の分も嵩《かさ》を増し、不意に里久の心に迫ってきたのだ。

綾人と出会った瞬間、あまりにも呆気なく、これまでその心に被せていた蓋がとれて、隠していた場所からとめどなく、愛が溢れてきた。

聞いていた綾人は、一瞬なにを言われているのか分からないように瞳を揺らがせ、戸惑っていた。

「里久……いや、でも……」

なにか苦しそうに呟きかけた綾人の声を遮《さえぎ》って、その時、里久はくしゃみをしていた。

すっかり体が冷えている。とたん綾人が我に返り、里久をマンションの中へ入れてくれた。ほとんど抱えられてエレベーターに乗せられ、2LDKの広々した部屋の中に連れて行かれる。家具はどれもシンプルで、室内は片付いていた。

「とにかく風呂の準備をするから入って。風呂から上がったらベッドに寝るんだ。俺は本家に連絡する。すぐ新幹線のチケットをとって、家まで送るから……」

綾人が忙《せわ》しなく風呂のスイッチを入れている。里久は綾人の言葉に驚いた。

(ちょっと待って。おれを、有賀の屋敷にもう戻すの？)

綾人は携帯電話を取り出すと、タクシーの番号を探し始めた。

「……あ、綾人さん。待って、おれ、まだ帰りません。ホテルだってとってあるし」

里久は慌てて、携帯電話を持つ綾人の腕に両手でしがみついた。綾人はそんな里久に一瞬たじろいだが、すぐに「でも、風邪がひどくなるぞ」と諭してきた。

「家に戻るまで俺も付き添う。戻ったらすぐ、蟻酸注射の準備をしてもらって……そうすれば、お前は症状が悪化する前に治せるから」

「……？　どうして？　治療なら、ここで腕を噛めばいいだけでしょ？」

里久が言ったとたん、綾人が「バカ言うな」と厳しい顔をした。

「腕を噛むのは注射より痛いだろ。それにホテルなんてもってのほかだ、なにかあっても誰もいないだろ？」

「じゃあ、ここに泊めてください。ソファで寝ますから……」

「まさか。お前を、俺なんかのところに泊まらせるなんてできない」

里久はぽかんとし、問うように綾人を見つめてしまった。とにかく綾人は、一刻も早く自分を有賀家に戻そうとしている。里久を心配してくれているからかもしれないが、よく考えてみれば、ついさっきの里久の告白にも、綾人はなにも返してくれていない――。

（迷惑なの？　このままじゃ、帰されちゃう……）

既にタクシー会社に電話を入れ始めた綾人を見上げ、里久はしばらく途方にくれた。立ち寄ったカフェで話を聞いた時は、綾人も自分を好きでいてくれるかもしれないと考えていたけれど、今になって自信がなくなってきた。けれど頭の中に、ダメ、という声がした。

（それじゃダメだ。こんなふうに遠慮して、なにも言わずにいたら……きっと昔と一緒で、どんどんすれ違う。おれはもう好きって言ったんだから、綾人さんの気持ち、知りたい）

ちゃんと知りたい。そして、ちゃんと伝えたいのだ。

十三歳。十四歳。十五歳の時も、そして学園で、やっと綾人に再会できた時も、きっと自分は一度も、素直に好きと言わなかった気がする。だから今、きちんと伝えたい。

それに天野が言っていたように、綾人が里久に負い目があるなら、里久がいくら綾人を好きだと言っても、綾人はダメだと言うだろう。里久に許してもらう資格はないと、里久を遠ざけ続ける。だから自分が動かなければ、絶対に受け入れてもらえないと、里久は気がついた。

「はい。今から住所を言いますので、一時間後に車を一台——」

どうしてそんなことができたのか自分でも分からなかったけれど、里久はその刹那、背伸びして綾人の手から携帯電話を奪い、通話を切っていた。綾人が驚きに眼を見開き、「里久、なにを……」と言いかける。里久は決死の思いで携帯電話を放り出し、横から、綾人の広い背中に抱きついていた。

大きく厚い背からは、甘い綾人の香りがした。しがみつかれた綾人は、驚いたようにびくりと体を引きつらせたけれど、里久は離れなかった。

「さっきの……おれの告白に、まだ答え、もらってないです」

言う声が上擦り、震えた。

恥ずかしくて、緊張して、こんなふうに言うことで本当に伝わるのか不安だった。それでも里久は息を大きく吸い込み、続ける。

「おれは綾人さんが、好き。……綾人さんは、おれを好きじゃ、ないです、か?」

泣き出しそうな気持ちだった。押し当てた額の向こうで、綾人が身じろぐのが分かる。心臓がはちきれそうなほど鳴っている。里久は息を飲み下し、かすれた声で言葉を足す。

「おれが来たら、迷惑、でした? だから追い出すの……?」

「そういうわけじゃない。……ただ、治療が」

綾人が里久以上にかすれた声で、答える。里久の腕の中で、綾人の体が一瞬震えた。

「治療なら、あの、あの、綾人さんが、もし抱いてくれるなら、それでも、いいんです」

最後のほうは、蚊の鳴くような小さな声になった。恥ずかしさに、顔が燃えそうなほど熱くなる。はしたないと思われないだろうか？　けれど里久は今、温かな風呂も着替も要らなかった。ただ、綾人と離れたくなかった。

治療だって、もしも抱いてくれるのなら——それが本来の、クロシジミの治療法なわけだし——嬉しい、と思える気がした。あまりに綾人に拒まれて、そんな大胆な気持ちにさえなった。

とにかくまだ、帰されたくない。このまま屋敷に戻れば、綾人は里久の告白をうやむやにしてしまうだろう。ここに来るまでは告白するどころか自分の気持ちさえあやふやだったのに、一度好きだと分かると、もう平気ではいられなくなった。

綾人はなにを思っているのか、押し黙り、身じろぎもしない。後ろからでは表情も分からず、里久は浅ましいやつだと嫌われたのではと焦り「あの」と言い訳が早口になる。

「おれ、お、覚えてないけど、学園にいた時……綾人さんとそういうこと、してたって。あの……おれ、おれは綾人さんが好きだから、い、嫌じゃなかったら、綾人さんがほ、他に好きな人ができるまででもいいから」

抱いてほしい、と里久は、消えそうな声で言う。一生懸命、精一杯、遮られないよう、なるべく早く言葉を紡ぐ。こんなに自分の気持ちを率直に話したのは、初めてかもしれなかった。

「だ、だめですか……？　綾人さん……だめ？」

なにも言ってくれない綾人に、さすがに恥ずかしさより不安が勝ってくる。里久はそっと顔をあげ、綾人の顔を下から覗き込んだ。

綾人は――固まっていた。里久よりずっと顔を赤らめて、口元を手で押さえている。端整な顔がここまで真っ赤になっているのを、里久は初めて見た。驚いていると、綾人が里久の視線に気づいたように、慌てて身を翻《ひるがえ》し、肩を掴んで引き離す。

「だ、ダメだ……なに言ってるんだ……お、俺にはそんな資格はない」

「おれを、だ、抱くのが嫌ですか？」

「嫌なわけあるか、抱きたい、キスしたい……今だって」

里久の両肩を持つ、綾人の指が震えている。そうすると、綾人の緊張が伝わってくるようで、里久はまたドキドキしてくる。心臓の音が大きく耳に聞こえるけれど、それが自分の鼓動なのか、綾人の鼓動の音なのか、分からないくらいだ。

「な、ならどうして、ダメなんですか？　い、いいでしょ……？」

真っ赤な顔で、自分でももうわけが分からなかったが、里久は迫った。綾人は困り果てているように瞳を揺らし、身を乗り出す里久から逃げるように、一歩後じさる。

「そんな幸運を、俺が受け取れるわけないんだ。俺はお前を、傷つけた」

「そんなのもう気にしてません。おれが来たの、嫌でした？」

離れた分を詰めると、綾人がまた一歩退く。それがなんだか悲しくて、里久は涙ぐんだ。とたんに、綾人が焦ったように身を屈めてくる。

「嫌なわけない。……あ、会いたかったよ。会えて嬉しかった。お前がマンションのエントランスにいるのを見て、心配したけど、夢みたいに思った。俺があんまり里久に会いたかったから、小さな可愛い人形が、魔法でやって来てくれたのかと思うくらい……」

綾人は里久の涙を優しく拭ってくれた。長い指の仕草がいかにもそっとしていて、綾人の、里久に対する労りが伝わってくる。この人の言葉は嘘じゃない、綾人はたしかに自分と会いたかったのだと、里久は感じることができた。

それなのにまだ綾人の心に手が届かない。里久は思わず、綾人のシャツの袖口を、きゅ、と握りしめていた。

「……会いたかったのに、おれを、帰すの？　……綾人さん、お願い。まだ、いさせて。今だけじゃなくて、これからも、おれは綾人さんに、もっと、会いたい。じゃなきゃ」

――淋しい、と、その時里久は、言っていた。淋しい。綾人がいないと、淋しかった。

「手紙だけじゃ……淋しい。おれから来なきゃ会えないなんて、淋しい……帰ってきてたのに、執事さんに手紙だけ、手渡しなんて淋しいです」

言葉にすると淋しさは、急に里久の中に膨らんでくる。これまで意識しないできたけれど、自分は綾人に会えなくて、とても淋しかったのだと、今さらのように気づく。そうして本当はずっと、長い間ずっと淋しいと、会いたいと言いたかったのだと。

「困らせたら、ごめんなさい。……でも、おれ、いつも待ってたんです。あ、綾人さんに、次に好きな人ができるまででもいいから……」

「さっきから好きな人ができるまでと何度も言うが、お前以外に好きな相手なんて、俺にはできない」

不意に綾人が言い、里久は眼を瞠った。じっと綾人を見つめると、綾人の頬が、みるみるうちに赤らんでいく。

(今の、おれを好きだって意味で、いいんだよね……?)

胸が打ち震え、すがるように綾人を見つめる。

「でも、ダメだ。それでも、ダメだ……」

綾人はけれど、まるで自分に言い聞かせているように顔を背け、里久の期待を押しのけてしまった。

「記憶を戻したら、お前は俺を許せないかもしれない」

けれど里久は、そうは思わなかった。

「綾人さん……おれはあなたに怒ったから、記憶をなくしたの……?」

里久はそっと、綾人の心になるべく添《そ》うことを願いながら、精一杯の気持ちをこめて訊いた。すると、綾人の眼が悲しそうに揺れた。

――違う。きっと違うはずだと、里久にはどうしてか、確信があった。里久が記憶を失ったのは、綾人に怒ったからではないはず。

「……思うんです。ただ、おれは、傷ついたんじゃないかって……。あなたに好きになってほしいのに、嫌われたと思い込んで。そうじゃなかったら……今こんなに、綾人さんを好きだって思えるはずがない。でもそれは、おれだけが、かわいそうだったの？」

受け入れてほしい。突き放して、一人で遠くに行かないでほしい。

離れ離れのまま、手紙だけで淡くつながる関係に戻っても、それなりに幸せかもしれない。けれど本当はもっと、そばにいたいのだ。綾人の幸せの近くにいて、できることなら綾人の幸せそのものに、関わっていたい。自分が綾人を、少しでも幸せにしたい。

「本当は、綾人さんも、かわいそうだったんだよね？　なのにおれは弱くて、なにもできなかった。でもおれ、か、変わりたいんです。だから、今日来たんです。おれ、綾人さんに、会いたかったから」

なにも言わないままの綾人に、里久は一歩近づく。

「おれ、ちゃんと強くなります……幸せに、なります。だから」

伝えることに緊張し、怖くて、里久はうつむいた。綾人が息を詰める気配がある。

「もう、自分を責めないで。おれは綾人さんと、ずっと一緒にいたい。綾人さんが、おれの幸せなんです。おれのわがまま、きいてくれないんですか……？」

今の里久は、知っている。

綾人が本当はたった一人で、なにもかも背負おうとする人だということ。里久にどんな傷も与えたくない人だということ。そしてそれができずに、傷つき、苦しんでいる弱い人なのだということも。

その時綾人の、形のいい唇から、小さく里久、と声がこぼれた。顔をあげると、綾人の顔には後悔と、悲しみが広がっている。自分のしたことを思い出し、痛みをこらえているような表情だった。

里久は綾人の腕に触れた。綾人の腕は震えている。里久の体も震えていた。綾人の眼に光るものが浮かんでくる。

「俺はお前に、優しくしたい……いつも、優しくしたくて、たまらない」

知っていると、里久は思った。手紙の中で、何度も何度も、そう書かれていなくても、何度となく、綾人はそう伝えてきてくれた。

「俺はお前に優しくしたいから……お前を抱けない。お前を傷つけるのが、怖いんだ」

絞り出すような声で言う綾人へ、里久は「もう十分、優しくしてもらいました」と、言った。

「おれを好きだって……言ってくれましたよね？」

綾人の端整な顔が、くしゃりと歪んだ。その眼から一筋、涙がこぼれ落ちる。綾人は体を折り曲げると、子どものように里久にしがみついてきた。震える手で里久の肩を摑み、額を押し当てて、嗚咽を漏らす。

——ごめん。ごめん、ごめんな……。

泣きじゃくる声の間から、そんな言葉が聞こえてくる。

「好きだ……俺もお前が、好きなんだ、愛してるんだよ」

涙に濡れながら、綾人は言ってくれた。まるで懺悔《ざんげ》のように。

里久は綾人の頭へ腕を伸ばす。

きれいな金髪は、まるで王冠のよう。

（この人は王様じゃなくなったけど……おれにとっては、世界でたった一人の王様だ）

その頭を、愛しさをこめて、胸に抱きしめる。

顔をあげた綾人が里久の腕を解き、抱き返してくれる。甘い香りが淡く鼻先に香る。顎を上向けられ、腰を寄せられて——里久はやっと、キスをしてもらえた。

綾人のキスは優しかった。どうしてか、体が震えた。分厚い胸にしがみつくと、ぎゅっと抱き竦められる。胸が痛くなり、目尻にじんわりと涙が滲んできた。好きな人とキスができる。たったこれだけのことが、とてつもない奇跡だと気づいた。

そうして、やっと始められると、里久は思った。

つるバラのテラスへ、綾人が里久を盗みに来てくれたあの時に、遠回りしてようやくたどり着いた。今から、三年前のあの続きを始められるのだと。


綾人の部屋のベッドで抱き合ってキスをしながら、里久は一枚ずつ服を脱がされた。

「……怖くないか？」

そう訊いてくる綾人の手つきのほうが、よっぽど怯えているようだった。薄張りの硝子細工や、ふわふわの綿飴。乱暴にすれば壊れてしまうもののように触れられると、嬉しくて心が震えた。口の中を舌で撫でられると、背筋が粟立ち、力が抜けていく。瞬く間に体が熱くなり、心臓が痛いほど大きく鼓動を打っていた。ズボンと下着を引き下ろされ、性器をゆるゆると擦られると、ぴくっと体が震える。

「……ん、あ」

里久の性器は呆気なく勃ち上がって、体の芯に甘い快感が灯っている。鈴口から先走りの蜜がこぼれ、里久は動揺してしまう。

（や、やだ……おれ、こんなにすぐ感じてる……）

以前の自分も、こうだったのだろうかと、簡単にほどける自分の体に戸惑う。何度も抱かれているというのは事実としては知っているけれど、記憶にはないのだ。

やがて綾人が自分のズボンをくつろげ、太い性器を取り出した。もう硬くなっているそれを自分で軽く擦りながら、綾人が「俺の精を先に出して、蟻酸で後ろをほぐす。入れる時、痛みが減るから」と、説明してくる。

「そ、そんなことしなくても……」

戸惑って言うと「ダメだ」とはねのけられた。

「前は、あんまり丁寧にしてやれなかった。気持ちよくだけ、してやりたいんだ」

かすれた声で囁かれたら、その色香と言葉の甘さに胸が高鳴り、なにも言えなくなる。

やがて里久は体を裏返され、うつぶせのまま尻を高く上げさせられた。

「ちょっと我慢して。恥ずかしくても、俺には可愛く見えるだけだから」

優しく言い聞かせられても、はしたない姿勢に里久は思わず、「や……」と声をあげた。

けれど恥ずかしがるより先に、後孔になにか熱いものが当てられて、里久は息を詰めた。

あてがわれていたのは、綾人の性器だ。太い杭を入り口に押しつけられて緊張していると、綾人が安心させるように里久のこめかみに口づけてくる。

「まだ入れないから、安心しろ。俺の精を……蟻酸を、中に垂らすだけだから」

後ろで呟いたかと思うと、綾人は里久の入り口に性器の先端を擦りつけ、中に指を潜らせた。綾人の精が、里久の奥深くまで指でぐちゅぐちゅと塗りつけられる。

「あ……んっ、あ……」

綾人の指にさすられると、後孔はあっという間に緩んでいった。小さな尻が勝手に揺らめき、中の指をきゅうきゅうと締めつける。すぐさま指が二本になり、里久は後ろが蕩けるように感じた。それは切なく甘酸っぱく、里久はつい甘い声をあげた。

「あ、あん……っ」

いやらしい自分の反応に、自分で赤くなる。

(お、おれって……こんなに、か、感じやすいの？)

綾人にはしたなく思われていたらどうしようと、不安にさえなる。その時綾人が中に入れた二本の指を左右に開き、里久の後孔を広げてきた。

「すごいな……里久のここは、小さいのに、もうこんなに開いてる」

耳元で吐息混じりに囁かれ、里久はひくん、と腰を揺らしてしまう。

「や、あ……っ」

柔らかくなった里久の後孔は、小さいながらにぱっくりと開き、綾人の性器の先端から直に精を注がれて、体の奥まで蟻酸に濡れた。とたん体の芯が、火箸《ひばし》の先のように熱を持った。三本の指で中をくちゅくちゅとかき回されると、全身が蕩けて力がぬける。

「あ、あ……んっ、あ、やあ……っ、恥ずかし……っ」

自分の簡単な体が恥ずかしいのに、気持ち良くて腰が揺れてしまう。

「……里久、恥ずかしいのか？」

「は、恥ずかしい……っ、あ、や、……あっ、ん……っ、どして、おれ、こんな……」

感じちゃうの、と、里久は真っ赤になって言った。中の指をくいっと折り曲げられて、里久は腰を跳ね上げた。綾人が後ろで、ごくりと息を呑む。

「里久は可愛いな。……うっかりそんなこと、言えるから」

中でぐり、と指を回され、里久は高い声をあげて、仰け反った。

「心配だった。お前を抱いたら、誰だってお前に酔う。お前が遙を好きにならないか、ハラハラした。……近づけたくなくて、きついことを言った」

中の指を抜き差しされ、里久の中にうねるような快感が広がる。前がうずうずと震え、さっきから何度となく、波のような快感が寄せてくる。

「あや、あ、あ、綾人さん……、なんか、なんかきちゃう……っ、なに、これ……あっ」

「……イキそうか？」

これが達する感覚なのかよく分からないけれど、体中ジンジンとして、腰が揺らめくのが止まらない。こんな快感は知らず、里久は必死に頷いた。不意に綾人の指が、後孔の中のある一点を擦り、刹那《せつな》、里久は一際高く、「あんっ」と声をあげていた。

「あっ、あ、あん、あ……っ、あ、ダメ……っ」

「ここ？　ここがいいのか？　このこりこりしてるとこ……？」

綾人は優しい声で、里久の中の感じる場所を、何度もさすってくる。里久は感じすぎてぼろぼろと涙をこぼした。と、綾人の指が抜かれ、あっと思った時には、根元まで、一気に貫かれていた。綾人の杭を受けて、全身に電流が走ったような衝撃を感じ、里久は甲高い声をあげて、達していた。

「あ……っ、あ……っ」

びくびくと震えながらシーツに飛ぶ白濁を見ると里久は恥ずかしくて死にそうだった。

「ごめ、ごめんなさ……」

一人だけこんなに感じて、乱れているのを見られ、呆れられただろうかと不安になる。けれどまだ快感が体に残り、尻はひくついてしまう。

「なにが？　イったからか？　……すごく可愛かった」

綾人は微笑み、そっと、里久を揺さぶってくれた。中で動かれると、後孔からはくちくちといやらしい水音がたつ。

「可愛い。里久……可愛い。世界で一番、お前が可愛い」

何度も綾人に言われ、そうすると心の奥が震えて、言葉にならない感情が溢れてきそうになる。これはなんだろう、と思う。可愛いと言われるたび、爪先から頭のてっぺんまで快感が走った。感じすぎているせいなのか、目頭に涙がこみあげてきた。

よく分からないけれど、自分はずっと、こんなふうに言われたかったのではないかと、里久は思った。こんなふうに名前を呼ばれ、愛されて抱かれたいと——思っていた。そんな気がしたせいかもしれない。

「里久の中、きゅうきゅうに絡みついてくる……本当に可愛い。感じてるんだな……」

里久はぼろぼろと泣きながら、綾人の性器を、後孔で締めつけた。軽く揺すられただけでも落ちていくような快感が走って、何度も達してしまいそうになる。

「あんん……っ」

こんなふうに抱き合うのは、綾人と自分は、本当は初めてなのだろう。覚えてなくとも分かる。体が、初めてだと言っている気がした。

突かれるたびに脳が痺《しび》れ、浮遊感が襲ってくる。たとえようもない甘さに理性が薄れ、自分の体がどうなっているのか分からなくなるほどだった。

「可愛い、里久、可愛い……」

何度も繰り返され、体の芯《しん》が引き絞られるように切なくなる。

「あ、だめ、だめ……っ、また、なんか、きちゃう……っ、あ……っ」

「いいよ、イって」

綾人が里久のこめかみに口づけてくれた。優しい口づけだ。その優しさと、奥まで入ってきた綾人の性器に、里久は飛沫を放ってまた達していた。続けざま、綾人の精も里久の中で弾ける。甘い悦楽はすぐには去らず、里久は綾人と重なり合ったままぐったりとベッドへ突っ伏した。指先が震えている。中で出されている綾人の精は、なかなか止まらなかった。

「……あ、綾人さん、なんか……乳首が、へん……っ」

その時、里久は涙声を出した。なぜか胸のあたりが張り、乳首が尖《とが》って疼いている。それに戸惑って里久がしゃくりあげると、耳元で綾人が「大丈夫だよ」と囁いた。

「今、甘露を出してあげるからな」

甘露とはなにか分からず、困っているうちにシャツを剝かれ、胸を揉まれる。すると乳頭にじんと切ないものが走り、里久は無意識に尻を揺らしていた。

「あっ……」

甘い声をあげるのと同時に、乳首をつつまれる。先端をきゅっと絞られると、体の芯が締まる。そして乳首からは甘い匂いのする透明な液体がぷくぷくと溢れてきた。耳元で、綾人が「これが甘露だ」と言う。

「あ……っ、あっ、かんろ、やだ……っ」

胸から全身に広がる強い快感に、このまま達してしまいそうで、里久は泣いた。耳元で、綾人が「本当、死ぬほど、可愛い……」と呟く。

「甘露、出すの嫌か？　俺は好きだよ、甘い匂いがして……くらくらする。ほら、こうしたら痛くなくなってきただろ？」

優しく言いながら、綾人は里久の乳首を愛撫し続けた。そして里久が感じて弛緩《しかん》した隙に、里久の腰をくるりと回転させた。体を仰向けられ、中を硬い性器で擦られ、里久は高い声をあげた。と、綾人が中から性器を抜く。

「あ……、や……ん！」

次の瞬間、里久は信じられない気持ちになった。綾人が自分の性器で、里久の乳首を擦ってきたのだ。

それはあまりに卑猥《ひわい》な光景だった。綾人は性器の鈴口を里久の乳首に当て、精を塗《ぬ》りつける。甘露と蟻酸の混ざり合った淫靡《いんび》な香りがあたりにたちこめる。

「あ……っ、や、あっ、なに、これぇ……っ」

甘い、などというものではない、もっと鋭い快感が体の芯を駆けていき、後孔の奥が疼くようにひくついて、腰が物欲しげに揺れた。

体中、内側から湿《しめ》って、崩れていくような感覚――そして全身を、くまなく愛撫され、弄《いじ》られているような快感が、里久の理性を奪っていく。

もう片方の乳首にも性器を擦りつけられて、里久は甘い声をあげた。

「あん、あっ、あっ……ああっ……ん」

甘い刺激に腰が揺れ、膨れあがった里久の性器は、今にも達しそうになっている。

「以前の俺はお前にハマらないようにずっと我慢して、甘露を舐めないでいたんだ」

呟いた綾人は、情欲に濡れた眼で、じっと里久の乳首を見つめてくる。

「――これを舐めたら、俺は二度と、お前を離せない。お前に酔って、もう、理性をなくして、溺れると思って……いざ手放すことになったら、もっとずっと傷つけそうで」

一瞬の沈黙のあと、綾人は動きを止め、迷っているような顔をした。

「舐めて、綾人さん……」

里久は気がつくと、そう言っていた。舐めてほしかった。甘露で、綾人を里久の虜《とりこ》にできるなら舐めてほしい。自分はもう完全に、綾人の虜なのだから。

「舐めて、そばにいさせて。おれの甘露は、綾人さんにだけあげる」

舐めてほしくて、里久は精一杯の誘惑で、胸を突き出す。濡れた乳首は桃色に尖り、先端からまた、甘露をこぼしている。見ていた綾人の眼に、鋭い情欲が灯った。

「……可愛いお前に、こんないやらしいことさせて……ごめん」

呟いたかと思ったら、綾人が身を伏せ、里久の乳首に吸い付いてくる――。

「あん、あ……っ、あっ！」

乳首を吸われた瞬間、里久は堪《こら》えきれず、精を放って達していた。

綾人は達して震えている里久の乳首の、片方をこねくりながら、もう片方から、まだ甘露を舐めている。

里久の太ももには、大きく硬くなった綾人のものが当たったままだ。やがて綾人はもう一度、里久の中に入ってくれた。

「ダメだな、何度も……お前相手だと、我慢が、全然利《き》かない……」

かすれた声で言う綾人が愛しく、そして嬉しく感じた。

体の芯は、もうとろとろに崩れている。やがて腹の中に綾人の熱い飛沫《ひまつ》が放たれたとたん、里久も一気に昇り詰め、四度目の精を放っていた。

震えながら弛緩した体を、綾人が抱きしめてくれる。そっと寝かせてもらい、どちらからともなくキスをして唇を放すと、綾人の端整な顔に、優しい笑みが浮かんでいた。

ほとんど初めて見るような、綾人の険のとれた顔だ。

「おれ、クロシジミでよかった……」

知らず、里久は呟いていた。

「おれがクロシジミで、綾人さんがクロオオアリで……よかった。こうして出会えたから。おれ、綾人さんがいないと、生きていけない体で、よかった……」

綾人が驚いたように、里久を見つめている。綾人には、里久の気持ちは伝わっただろうか？　クロシジミとクロオオアリだから、出会い、そして一度は引き裂かれた。けれどその辛い運命は、最後にこうしてもう一度、自分たちを結びつけてくれた。

自分が絶滅危惧種として生まれたことも、有賀の家に引き取られたことも、綾人が王種だったことも、里久が記憶をなくしたことも、どれもこれも一面を見れば不運に思えたことだが、今になってみれば必要な回り道だったような……そんな気もする。

だとしたら自分が味わった痛みも苦しみも、今、綾人と一緒にいられるだけで、受け入れられるように、里久には思えた。

眼を閉じると、意識が眠りの中へ落ちていく。綾人の手が、里久の髪にそっと触れ、優しく撫でてくれる。包まれるような安心感は、綾人が与えてくれるものだ。淋しさは遠のき、里久の心の隙間という隙間に、綾人の愛情が染み渡ってくる。

この世界に、自分を好きでいてくれる人がいて、自分もその人が好き。

――なんて幸せだろう。もう、なにも怖くない。

もう誰も、なにも里久と綾人を引き裂くものはないのだから。

まどろみに身を任せながら、最後に感じたのは、額にキスをしてくれる綾人の唇の感触だった。綾人にも、自分が感じているのと同じだけ、あるいはもっと、幸せでいてほしい。

――街明かりの一つに、おれと綾人さんで、なれたら、いいな……。

里久はそう、呟いた気がする。遠いどこかで、自分はそんな話を、綾人にしなかっただろうか……？

街の明かりの一つ一つ、窓の一つ一つに、幸せな家族がいて、愛し合い支え合って暮らしている。小さな頃、里久は自分も、そんな相手が一人、ほしかった。

綾人は初めてそれを訊いた時、なんと言ってくれただろう？

どうしてかもう少しで、思い出せそうな気がすると、里久は思った。

どこかからか、雨音が聞こえ、里久は眼を覚ました。

綾人の部屋のベッドで、里久は清潔なバスローブを着せられ、羽毛布団にくるまっていた。

窓辺の時計を見ると、夕方の六時前。

通り雨は長雨に変わったらしく、外ではまだ小雨が降っていた。

ベッドに綾人がいなかったので、そっと寝室を出ると、リビングの向こうの部屋から話し声が聞こえてきた。

「はい、無事に着きました。今日はこっちに泊めて……そのうちきちんとした形で」

綾人は誰かと、電話で話している。話し方から、相手はたぶん女王だろう、と里久は察し、足音を忍ばせて、きれいに片付いたリビングを見た。

ソファにローテーブル。テレビにテレビボード……ごくシンプルなインテリアだ。けれどその中にいくつか、里久も見覚えのあるものが置いてある。

それは壁にかかった絵皿だった。

王冠や星やカラスや……そんな絵皿。それからテーブルの上には、同じような作風のマグカップ。ふと気づくと、テレビボードの上にも、湯飲みのような形のカップが十個並んでいる。テントウムシの絵柄が半分だけ描かれた、まだ未完成のものだ。

それらは里久の部屋に以前飾られていたのと同じ画風で、同じような作りだった。ただここにある食器には、どれも一度割れ、接着剤で丁寧につなぎ合わされた痕《あと》があった。

誰が直したのだろう、綾人だろうか。そう思い、おずおずとテーブルの上のカップに触れ、ゆっくりと持ち上げたその時だった。

突然胸の中に、自分でも予期しなかった熱い感情が突き上げてきて、里久は固唾《かたず》を呑んだ。

皿が割れる音、誰かの叫び声や怒鳴り声、男の嘲笑《ちょうしょう》。

いつだったか聞いたことのある音ばかりだと気がついたそのとたん、里久の中には一息に、記憶が戻ってきた。

それはほんの一瞬、あっという間のことだった。

綾人に言われたひどい言葉や、有塚のこと。孤独だった学園生活、苦しい気持ち。傷つけられた痛みが、嵐のように脳裏を駆け巡り、里久はその場に座り込んでいた。

――痛い、痛い、痛い。淋しい、淋しい、淋しい。

痛みの感情と記憶が過ぎ去っていくと、里久は手の中にあるマグカップを見つめた。

それは綾人が直してくれたカップだった。里久の描いた王冠の柄。一度は投げつけられ、壊されたものだ。

（いつの間に、直してくれてたんだろう？）

ふと、そう思う。見ると、すぐ横には里久が九歳の時に描いた三枚の皿も、直して置かれていた。それはあまりに細かく割れていたらしい。あちこち破片がぬけていたり、とても小さな屑を繋いでいたりする。修復は気の遠くなるほど大変な作業だっただろうと、訊かなくても予想がつく。

不意に里久は、胸が締め付けられる気がした。

（……知らなかっただけで、おれはあの頃も、そんなに、不幸じゃなかったのかな？）

頭の中にいる、過去の自分を、里久は振り返る。辛い痛い、苦しい淋しいと泣いている自分を、里久は抱きしめるように、頭を撫でるように、愛しさをこめて思い出していた。

するとほんの数ヶ月前の、学園の制服を着た自分が、頭の中で今の里久を見つめていた。涙ぐんだ大きな瞳で、すがるように訴えてくる。

――綾人さんのことを、嫌わないで。

里久は一瞬驚き、そうしてふと、笑みをこぼしていた。

今になって、どうして自分が長い間記憶を思い出せなかったのか、理解できた。それは失った記憶のせいで辛い思いをしたくなかったからではなく、このまま思い出さずにいたほうが、幸せになれるからでもなかった。

ただ綾人を嫌いになるのが、怖かったからだ。だから里久は、今になってやっと思い出せたのだ。

（そっか。……もう一度おれが綾人さんを好きになるまで、待っててくれたんだね）

綾人を嫌いになんて、けっしてなれなかったのに。

辛い記憶を思い出しても、綾人への気持ちはもう、揺らがなかった。

（大丈夫。おれ、ちゃんとまた、綾人さんを好きになったよ）

そう言うと、頭の中で、数ヶ月前の自分が笑顔を見せる。そうして過去の自分は、里久の中に溶け込むように、蒸発し、消えていった。淋しさ、痛み、苦しみも悲しみも里久の中に残っている。それでももう、辛くはなかった。こみあげてきた涙がカップの上にぽたぽたと散ったが、それは悲しみの涙ではなく、もっとべつの、自分へのそして綾人への、愛おしさゆえの涙だった。

「……里久？」

その時後ろから、不安そうな声がする。振り返ると、電話を終えたらしい綾人が怯《おび》えたような眼をして立っていた。

「もしかして……思い出したのか？」

里久が手にしているマグカップと、泣いている里久の顔を見比べると、綾人が呟いた。

その声はかすれていたが、やがてなにを言われても覚悟しようというように、綾人は息を呑み込む。

「ごめん。なんて言えば許してもらえるか……分からない」

たどたどしい声を聞いて、里久は立ち上がった。そうしてまっすぐに、不安そうに揺れている金色の眼を見つめた。許すもなにも……、と里久は笑っていた。

「……あの頃から本当はずっと、一緒にいたいって、言いたかったんです」

静かに言うと、綾人が困惑したように眉を寄せる。里久はその綾人に、にっこりと微笑んだ。笑顔にありったけの愛情と、ありったけの優しさをこめる。

「おれの本心……学園にいた時、綾人さんが訊いてくれたでしょ。おれの本音は、あの頃も今も、おれをずっと好きでいてほしいってことです」

里久が言うと、綾人が心持ち、眼を瞠る。

「あの頃は言えなかった。だけど今があるなら、もう、いいんです」

自分でも少し照れて、里久はえへへ、とはにかむように微笑む。綾人はけれどまだ、うろたえた顔をしている。

「……お前はそれでいいのか。俺なんかで、いいのか？」

この人はまだ怖いのだなあと、里久は思う。辛そうに眉を寄せている綾人の顔を見つめ、里久が思い出すのは、十五歳の綾人だった。不安も苦しみも里久に見せまいと頑張り、ひたすら一人で立っていた綾人だった。

きれいなガラスケースの中。壊れやすい人形のように、里久を大事に入れておきたいのに、それができなかった自分の無力さを、綾人はもしかしたらずっと悔やむのかもしれない。

けれどそれなら、里久も同じだと思う。

「そんなの……おれも、不安なんですよ」

綾人に、里久は自分も心配していることを口にした。どうしてだか言葉は、思ったよりも難なく里久の口から出てくる。昔は自分の気持ちを伝えることがあれだけ苦手だったのに。

「綾人さんだって、おれなんかでいいんですか？　おれは小さくて、ロウクラスで、鈍いし、子どもだし……もっと、きれいな人もいるのに」

訊くと、綾人は「お前がいいんだ」と即答してくれた。

「俺はお前がいいんだ。可愛くて、お前が可愛くて、……四六時中、どこかに閉じこめて、甘やかしていたいくらい」

そこまで言って、綾人は顔を赤らめて、「いや、今のはものの例えだが」とごまかしている。里久はけれど嬉しくて、胸がドキドキした。綾人はやっぱり、里久を好きでいてくれている。

「じゃあ、おあいこです。おれも綾人さんがいいんだから。……マグカップやお皿を直してくれたみたいに」

引き裂かれ、壊された恋の破片を、もう一度つなぎあわせて、と里久は口にした。

一緒に生きていきたい――たった一つのその願い事が、今、叶おうとしている。

「今度こそ、おれを盗みに来てください。あのつるバラのテラスに。もう、おれを一人にしないで」

そっと言うと、綾人は切なげに瞳を揺らした。けれどようやく、その顔に笑みをのせる。

「……ああ。お前が許してくれるなら、何度でも。盗みに行くよ。お前を……今度こそ、連れて行く」

強い腕が、里久の体をそっと引き寄せ、抱いてくれる。里久は眼を閉じて、綾人の口づけを受け止めた。キスは優しく、蕩けるようで、綾人は長い間里久を離さなかった。

たとえどれほど長くても、もう誰にも咎《とが》められることはないのだと思いながら――里久は綾人とのキスに、酔いしれていた。

あとがき

はじめましての方ははじめまして！　お久しぶりの方はお久しぶりです。樋《ひ》口《ぐち》美沙緒《みさお》です。うーん、本当に文庫は久々で、ちょっと緊張しております。

そしてなにより、この本、実は二年前に出していただいた『愛の巣へ落ちろ！』の世界観を引《ひ》き継《つ》いだお話となっております。ある意味、シリーズもの？　それもこれも、応援してくださったみなさんのおかげです。ありがとうございます。

このムシものについては、もう一つ書きたい話があるので、よかったらみなさん、またお手紙などいただけると嬉しいです。

ところで、愛の蜜についてですが、クロシジミというのは好蟻性昆虫《こうぎせいこんちゅう》で、本当に絶滅危惧種《ぜつめつきぐしゅ》です。小さな環境でしか生きていけないところが可愛いなあと思って里久《りく》を作りました。クロオオアリの巣作りなどもたまにライブ配信されているのを見ていて面白いなあと思っていたので、ラクに書けるつもりだったのですが……。が、クロオオアリって……ていうかアリって、地味です！

BLの攻め様なのに、地味！　というわけで、当初の予定とは違い、地味な二人の、地味な少女漫画風味なお話になりました。地味なのに地味に痛い展開もあったりして、ごめんなさい。

でも、これから先の綾人《あやと》は里久をめろめろに甘やかしてくれることでしょう。世界で一番体の相性がいいカップルですからね……。綾人はラッキーです。

よかったら、前作、『愛の巣へ落ちろ！』のほうも読んでくださると嬉しいです。愛の蜜はわりと痛いお話ですが、愛の巣のほうは、明るめ？　な要素が多い（気がする。気がするだけかもしれない）です。

さて、今回もお忙しい中可愛い可愛いイラストをつけてくださった街子《まちこ》マドカ先生！　ありがとうございます！　表紙ラフを見た時、とりあえず街子先生さえいてくださったらこの本、価値があると思いました（笑）本文イラストも今から楽しみです。

また、担当さん。心配かけてばかりですが、どんな時も支《ささ》えてくださってありがとうございます。これからもついていきますからよろしくお願いします！

そしていつも見守ってくれる家族。お友達。読者の皆様にも感謝をこめて。

樋口美沙緒

皿の割れる音がする。凶器のように鋭い音だ。鼓膜に響く、神経質で耳障りな音の中で、里久《りく》が泣いている。小さな白い顔、大きな黒眼に盛り上がる涙に、綾人《あやと》の心臓は突き刺されるような痛みを感じた。

違う。こんなことがしたいわけじゃない。したいわけじゃないのに、気がつくと痛めつけている自分がいる。怒りに任《まか》せ、怒鳴り散らし、激情を抑《おさ》えられずにひどい言葉を投げつけ、里久を傷つけている――。

――ああ、死んでしまえばいい。

自分に対して、綾人はそう思った。死んでしまえばいいのだ、八《や》つ裂《ざ》きにされて、苦しんで地獄に堕ちればいいと。

眼が覚めた時、綾人は汗だくだった。泣いている里久が眼の前にいる気がして飛び起きる。すると、窓辺から朝まだきの淡い光が部屋に差し込んでいる。傍《かたわ》らを見ると、柔らかな羽毛布団の中で、すやすやと寝息をたてている里久の可愛い顔があった。

飛び起きた綾人に少し意識が覚《さ》まされたのか、「ん……」と小さく息をもらして、頭を動かす。すぐそばについたままの綾人の手に、丸い額を押し当てると、里久はホッとしたようにかすかに微笑み、また深い眠りへと落ちていく。

その姿を見て、綾人は震えるような愛《いと》しさを覚えた。

胸が締め付けられ、今すぐこの可愛い生き物を抱きしめ、抱き潰して、自分の内側に溶かし込んでしまいたいような、そんな衝動《しょうどう》だ。

（危ない、危ない。なにを考えてるんだ……）

我ながら、自分の想いの強さに、戦《おのの》いてしまう。

そうして、里久がもう泣いていなくて良かったと思う。もう二度と泣かせたくないし、傷つけたくもないのだ。

里久を起こさないようそっとベッドを出ると、綾人は顔を洗い、隣室のクローゼットから、シャツとパンツを出して手早く着替えた。

着替え終わると台所へ向かう。

コーヒーメーカーをセットし、昨日行きつけのカフェで買ってきたデニッシュを用意する。冷蔵庫の中から、ブロッコリー、ニンジン、カボチャを取り出し、シリコンの蒸し器で蒸す。フルーツを切ってガラスの器《うつわ》に盛《も》りつけ、ヨーグルトとシリアルをかける。

それから、卵を割って、フライパンにバターを溶かし、簡単なプレーンオムレツを作る。

その頃には、台所からリビングまで、コーヒーの香ばしい匂《にお》いがいっぱいになっている。

レンジで蒸した根菜類を皿に盛って、サラダにする。

プレーンオムレツの横に、かりかりに炙《あぶ》ったベーコンを載《の》せる。自分には三枚。小食《しょうしょく》の里久には一枚だ。

デニッシュをトースターに入れて、温める間に、カウンター向こうのダイニングテーブルにサラダやフルーツ、メインの皿を並べ、温まったデニッシュを白い皿に盛りつけて、マグカップをカウンターに出して、熱湯を注《そそ》いでおく。

よし、今日も完璧な朝だ、と綾人は思った。

東京で暮らしていた里久を、関西地方の綾人のマンションに迎えてから一年。

朝食の準備は綾人のこだわりともなっている。時計の針は七時三分前。そこで綾人はエプロンをはずすと、急いで寝室に戻り、まだ眠っている里久の隣に体を横たえた。

「里久……」

優しく呼びかけ、丸い小さな頭を、そっと撫《な》でてやる。昨夜も、情事のあと、きれいに洗ってドライヤーをかけ、丁寧に梳《す》いてやった里久の髪はさらさらと手に馴染《なじ》む。

薄い瞼《まぶた》をぴくぴくと動かし、やがて里久は眠たそうに眼を開けた。

黒い瞳がぼんやりと綾人を見つめ、そうして、里久の顔に幸せそうな笑みが浮かぶ。この瞬間が、綾人はたまらなく好きだった。

「おはよう」

囁《ささや》くように言うと、里久ははにかんだように微笑み、「おはようございます」と返してくれる。愛しさに、たまらなくなって抱き寄せると、いつも思うことだが、里久の体はあまりに小さくて、人形のようで、綾人は守ってやらなければ……と思う。

どちらにしろ、今日も里久はここにいる。綾人の腕の中に。

そのことが死ぬほど幸せで、綾人はこのまま、時間が止まればいいのにと考えるのだ。

「わあ、今日も美味しいです。綾人さんの朝ご飯」

ほかほかのオムレツを口に入れ、里久がうっとりと言うのに、綾人は「そうか？」と微笑んでいた。美味しいのは当然だった。里久の体に直接入るものなのだ、綾人は素材からなにから、すべて厳選《げんせん》していたし、失敗した料理は絶対に出さない。

ちょっとでも害毒のありそうなものを里久の中に入れるのが嫌でたまらず、本当はコーヒーもどうか……と思うことがあるのだけれど、さすがにそこまで制限するのは変質的だという理性はある。

ミルクをたっぷり入れたカフェオレをさし出すと、里久は「いい匂い」とニコニコする。それがとても可愛い、と綾人は思っていた。

「今日、俺は四時限めまであるけど、里久の予定は？」

綾人はここから徒歩で行ける距離の大学に通っている。飛び級をしているので忙しいが、サークルなどには入らず、極力里久と過ごせるよう、授業が終わったらすぐに帰ってくるのが常《つね》だ。一方の里久は「朝は通信の勉強をして、午後から、五時までバイトです」と答えてくる。

そうか、バイトか、と思うと、綾人は少しだけ胃のあたりが、キリリと痛む気がした。

里久は、通信の高校に通っている。マイペースにゆっくり、平日の午前中を授業にあてていて、時々は綾人が勉強をみてやっている。もともと読書家だったので、成績はそう悪いほうではない。このままいけば、十八になる頃には卒業資格がもらえそうだ。

そして午後は、家のことをしたり、趣味の絵を描いたり、近くの陶芸《とうげい》教室に通ったりしている。週に二日は、近所のカフェでアルバイトをしていて、この一年で、綾人が知らない間に里久はすっかり友達も増えてしまった。

バイト先はもともと綾人が行きつけていたカフェだったが、先日、里久がアルバイトの日だったのでコーヒーを飲みに行くと、出てきたカップとソーサーがどう見ても里久の作ったものだった。

「これ、あの、うちの里久が作ったものじゃ……」

店長の女性に訊《き》いてみると、彼女はニッコリして「そうなんです」と言った。

「この間、一つもらったのがあんまり素敵だったからお店でも使いたいって言ったら、里久くん、二十セットくらい作ってくれて。今、お皿とかもお願いしてるんですよ」

店に来る客からも、どこで買ったのか、と訊かれたりするらしく、カフェの食器は近いうちすべて里久の作ったものに変え、余裕《よゆう》ができてきたら、カフェの片隅《かたすみ》で、販売もする予定らしい。綾人はそれを、里久からではなく店長から先に聞いて、なんだか複雑な心境でいるのだ。

——どうりで、こっちに来てから、里久がまるで俺に食器をプレゼントしてくれなくなったわけだ、と、思う。

陶芸教室に通って、以前より自由に、たくさん、陶芸制作をしている様子なのに、綾人がもらったのは誕生日に大きなマグカップ一つだけだった。それは里久とペアのデザインになっていて、今朝もコーヒーを入れて使っているし、とても気に入っている。里久の世界が広がり、里久の作ったものがいろんな人に喜ばれているのは、嬉しい。

嬉しいのだが、淋しいのだ。

(もう、俺のガラスケースの中には入れられないんだな……里久は)

と、里久や周りの人に知られれば気持ち悪がられるかもしれないことを、こっそり、綾人は思ってしまうのだった。

「それじゃあバイト先に、今日も寄ろうかな……里久があがる時間に、一緒に帰ろう」

言うと、里久は頬を染め、嬉しそうにこっくり頷《うなず》いてくれた。

里久がアルバイトの日にはいつもそうしているのだから珍しいことでもないのに、綾人が行くと言っただけで胸がいっぱいになったのか、里久は言葉が出ないようにしている。こういうところは昔と変わらず、綾人は里久が可愛くてたまらないなあと思う。

「店長さんが、褒《ほ》めてたぞ。里久のお皿が評判良くてって……」

「そんな……使ってもらえておれのほうがすごく嬉しくて……今度、壁に飾る絵も描いていいって。展覧会《てんらんかい》とかに出してみたらって言われたんですけど……」

（展覧会！）

内心、綾人は叫び声をあげた。そんなもの、それなりにいい成績を残すに決まっている。少なくとも注目は浴びてしまう気がする。どんどんどんどん、綾人の里久が、みんなに知られてしまう。

「いいじゃないか。やってみたかったら、出してみたら」

それなのについ、そう言ってしまっていた。里久がやりたいと思っていることを、とてもやめろとは言えないし、言いたくない。

（里久が作ったものを使われたり、買われたりすると、そいつのそばに里久がいるみたい

じゃないか。ああ、嫌だけど、でも、里久が嬉しそうだしな）

それにこんな考え方はとてつもなく狭量《きょうりょう》で気持ちが悪いと、自覚もある。

「絵を褒めてもらえたり、お皿を使ってもらえるのも……すごく嬉しいんだけど」

と、里久が恥ずかしそうに話を続けている。

「ちょっと恥ずかしいの。だって、全部、綾人さんとおれの絵ばっかりだから」

綾人はその一言に、内心「えっ」と驚いた。驚いたが顔には出さず、里久を見つめる。

「あのね、昔はほら、王冠《おうかん》とか、綾人さんだけ描いてたんですけど、最近はね、おれも入れてるんです。一緒にいられて幸せで……みんなに自慢したくってね、今日みたいな朝ご飯の時間とか、二人で眠ってる時のこととか、全部絵にして残してたくて」

言いながら、里久は白い頬をさくらんぼのように桃色に染めていく。

「直接的な絵じゃないけど、おれだけは、見たら、いつの思い出か分かるの。このカップもね、ほら、つるバラのテラスに最初に迎えにきてくれた時の」

そう言われて初めて、綾人は自分が手にしているペアのマグカップの図柄《ずがら》をまじまじと眺めた。金色の鳥が、黒い花をくわえて飛んでいる。見ると、たしかにつるバラのテラスらしきものも描かれている。

「お店の食器も、全部、綾人さんとの思い出を描いてるんです。だっておれ、毎日描いても描ききれないくらい、幸せなんですもん……」

つまり、里久の描く絵は、綾人と二人の絵日記のようなものだということだ。告白してしまった恥ずかしさに里久は真っ赤になり、「……呆《あき》れちゃいました？」と上目遣《うわめづか》いで、やや心配そうに訊いてきた。

綾人は膝の上に置いた手が、震えているのを感じた。喜びと、そしてなにに対してかは謎の、勝利したような気持ちで。言うなれば里久の絵は、全世界に向かって、自分との惚《のろ》気《け》話を公開しているようなものだということで——

「そんなことない。嬉しいよ。……展覧会にも、出すといいよ。楽しみだな」

優雅《ゆうが》に微笑み、里久の頰を撫でてやる。里久はホッとしたようにニッコリ首を傾《かし》げ、「今日、バイト先で待ってますね」と言う。

綾人の胃の痛みは、いつの間にか消えていた。里久をガラスケースに入れることはできないし、里久の世界はどんどん広がっている。けれどそれでも、里久は綾人の腕の中にいてくれる。だから綾人は、際限《さいげん》なく幸せになれるのだ。

綾人は、美味しそうにカフェオレを飲む里久の可愛らしい顔を眺《なが》めながら、こんな朝がいつまでも続けばいいいと思っていた。

Hanamaru Bunko

作家・イラストレーターの先生方へのファンレター・感想・ご意見などは
〒101-0063 東京都千代田区神田淡路町2-2-2
白泉社花丸編集部気付でお送り下さい。
編集部へのご意見・ご希望などもお待ちしております。
白泉社のホームページはhttps://www.hakusensha.co.jpです。

白泉社花丸文庫
愛の蜜に酔え!

2012年7月25日　初版発行
2020年1月25日　4刷発行

著　者　樋口美沙緒©Misao Higuchi 2012
発行人　高木靖文
発行所　株式会社白泉社
〒101-0063 東京都千代田区神田淡路町2-2-2
電話 03(3526)8070(編集部)
03(3526)8010(販売部)
03(3526)8156(読者係)
印刷・製本　株式会社廣済堂
Printed in Japan　HAKUSENSHA　ISBN978-4-592-87684-7
定価はカバーに表示してあります。